KB156198

편집장을 빌려드립니다

편집장 출신 작가가 대공개하는
인생 2막을 위한 **책쓰기 노하우**

편집장을

빌려드립니다

조기준 지음

활자공방

예비 작가들을 위한
꽃길 같은 책이기를…

편집자로서 커리어를 쌓아가던 당시, 참으로 많은 원고를 검토하고 거절하고 기획편집회의 테이블에 올린 기억들이 주마등처럼 스쳐 지나간다. 정말 좋은 원고를 만났을 때는 내 원고인 마냥 흥분되어 한밤중까지 읽고 또 읽다가 출근이 늦어진 적이 있을 정도였다. 다음날 편집장을 어떻게 설득하고, 작가에게 어떻게 연락을 할까 하는 설렘이 그 프로세스를 마무리할 때까지 이어지기 일쑤였다. 좋은 원고를 만나는 기쁨은 그런 것이었다. 그 자체로 편집자를 흥분의 도가니로 몰아버린다.

작가로서 커리어를 쌓아가는 최근이라고 해서 별반 다르지 않은 것 같다. 글이 잘 써져서 좋은 원고로 탄생할 것만 같은 기분이 들 때마다 기뻐서 소리를 지르고 싶을 정도이다. 너무 기분이 좋아 한 꼭지 원고를 마무리했을 때 정말 카페에서 웃으며 박수를 친 적도 있었다. 물론 곁에 있던 사람들은 저 사람이 미쳤나 하고 생각했을지도 모르겠지만 말이다.

작가이기에 작가로서 소임을 다했음이 행복한 것이 아니라 작가이기에 작가의 글을 썼음 그 자체로 행복한 것이었다. 이제는 글쓰기 및 책 쓰기 코칭을 해주는 코칭 강사로서 예비 작가들의 글을 만날 때마다 그렇게 흥분되고 짜릿한 감정을 숨기지 못하겠다. 일주일에 200명의 글을 체크해줄 때도 있었다. 분명 누군가는 잘 쓴 글을 제출했을 것이고, 누군가는 여전히 발전하지 못하는 글을 제출할 때도 있었다. 하지만 그에 코멘트를 할 때마다 고민에 고민이 켜켜이 쌓이고 걱정에 걱정이 얽히고설킬 때가 한두 번이 아니었다.

사실 몇 가지 포인트만 잘 이해하면 될 것인데 학생들을 향한 나의 간절함이 부족했나 싶어 미안할 때가 넘치고 넘쳤던 것만 같다. 그렇다고 해서 무조건 쓰기만 하면 잘될 것이라고 하는 안드로메다 같은 응원을 해주고 싶진 않았다. 펄떡이는 물고기를 잡을 수 있는 현실적인 조언들을 하고 싶었다. 그러한 강의들은 계속 이어지고 있었는데 이렇게 한 권의 책으로 엮어낼 결심을 하기까지는 꽤 오랜 시간이 걸렸던 것이다.

그렇게 계속 글을 써 내려가는 작가인데도 글쓰기, 책 쓰기 책을 쓴다는 것은 꽤나 부담이었다. 뭔가 그 내용만으로 모든 것을 획일화하는 것은 아닐까 하는 걱정도 많이 앞섰다. 나의 코칭을 받고서 긍정적인 발전과 변화를 경험한 이들도 있겠지만, 생각보다 크게 도움이 되지 않았다고 여길 수도 있을 것이다. 그렇기에 조심스러웠고 그러다 보니 여러 차례 구차한 거절이 이어졌다.

하지만 이제는 써야겠다는 확신이 들었고 책을 통해 다양한 콘텐츠 개발과 함께 온라인 영상 강의 제작이라는 승부수를 띄웠기 때문에 마음을 다잡았던 것이다. 그렇게 이 책 《편집장을 빌려드립니다》를 완성할 수 있었다. 이 책의 가장 큰, 그리고 차별화 되는 특징은 바로 이것이다. 편집장 출신의 작가. 출판계에 수많은 작가들이 글쓰기 책을 출간하고 있지만 출판사의 마인드를 품고서 접근한 책을 만난 적이 있었나 싶을 때가 많았다. 그래서 이 책은 그러한 강력한 차별점을 보여줄 수 있겠다는 생각이 들었다. 제목도 이렇게 결정할 수 있지 않았나 싶다. 수많은 원고의 최종 오케이는 바로 편집장이 하니 말이다.

작가로서, 편집자로서 이를 넘어 편집장으로서 느껴온 다양한 이야기가 정말 찐 현실로 다가오는 책임을 확신한다. 수백을 넘어 수천에 이르는 글쓰기/책 쓰기 수업을 통해 쌓아온 노하우를 가감없이 쏟아낸다고 확신한다. 그러면서 복잡하거나 어렵지 않고 딱 필요한 이야기만 하고 있다고 확신한다.

더불어 나 역시 퍼스널 브랜딩을 확립해 나가고, N잡러로서 많이 알려진 만큼 그러한 스킬까지 꼭꼭 눌러 담아낸 책이다. 믿고 한번 읽어보시라고 나 스스로 믿고 권하고 싶다. 이 책을 통해 더욱 다양한 예비 작가를 만날 수 있었으면 한다. 꽃 피는 봄이 성큼 다가온 만큼 나의 강의를 수강하거나 이 책을 읽는 예비 작가들이 꽃길만 걸었으면 좋겠다.

- 2022년 4월 꽃 피는 꽃길 위에서

조기준

Contents

한국인인데 맞춤법이 틀린다고요

출판, 그리고 작가를 넘어서
(feat. 퍼스널 브랜딩)

7

당신의
글은
안녕하십니까

도대체 뭘 쓴다는 거지?

'도대체 뭘 쓴다는 거지?' 고민이 되실 거예요. 도대체 뭘 써야 할지 보통은 모른단 말이죠. 그래서 저는 1교시에서 이 것부터 말씀드리고 싶습니다. 우리 모두에게는 글을 쓸 수 있는 '소재'들이 있어요. 지금은 코로나 사태 때문에 해외여행이 쉽지 않지만 예전에 자주 가신 분들도 계실 거예요. 그러면 그 이야기를 바탕으로 글을 쓸 수 있습니다. '보통의 직장인은 너무 바쁜데 저 사람은 해외여행을 어떻게 저렇게 자주 가지?' 직장인들을 위한 맞춤 여행을 아주 잘 아시는 분들이 계세요. 그런 분들은 직장인 해외여행 노하우를 바탕으로 글을 쓸 수 있다는 거죠.

직장인이 1년에 두 번, 세 번 해외여행을 가는 이야기, 궁금하지 않으세요? 왜냐하면 다 내 이야기였으면 하는 마음이 있거든요. 이처럼 글에는 동경하는 마음이 담길 수밖에 없습니다. 그런데 이게 과연 글이 될까 하고 많은 분들이 고민하실 거예요.

제가 말씀드릴 수 있는 것은 바로 이겁니다. 이 책 전체를 관통하는 주제이자 이 책을 읽고 그대로 실천해야 하는 이야기이기도 해요. 이러한 소재들이 전부 책으로 만들어질 수 있고 여러분도 충분히 작가로 등단할 수 있는 기회를 갖고 있다는 것이지요. 이 한마디만으로도 충분히 기쁘고 안심이 되시죠?

하지만 다들 무엇을 써야 할지 모르기 때문에 고민하고 있다고 말씀드리고 싶어요. 책을 쓸 때는 소재를 찾는 것이 가장 중요합니다. 내가 좋아서 쓰는 글, 그리고 상대가 돈을 내고 읽게 되는 글, 즉 상대가 읽어야 하는 글을 쓸 수 있다면 이러한 것들이 다 글을 위한 소재가 된다는 거예요. 제가 지금 계속 말씀드리고 있는 글이란 단순히 그냥 내가 좋아서 쓰는 글이 아니라 이 글들이 책으로 출판되는 결과물임을 가정해서 말씀드린다는 것을 잊지 마시기 바랍니다.

글쓰기 플랫폼인 브런치www.brunch.co.kr와 블로그blog.naver.com에 글을 썼을 때 내 글은 사람들이 '좋아요'를 왜 안 눌러주는지, 댓글을 왜 안 달아주는지 화가 나고 짜증이 나는 이런 기분을 많이 느끼셨을 겁니다. 저도 글쓰기 초반에 그랬습니다. 저라고 해서 시작점에 있어서는 뭐 여러분하고 크게 다를 바가 없었을 거예요. 글을 쓰기 시작할 때 모두가 느끼는 그런 답답함, 화남, 짜증 이런 기분 충분히 이해합니다.

그런데 왜 아무도 내 글에 관심이 없을까요? 가장 쉽게 말씀드리면 재미가 없어서 그래요. 재미있게 써야 해요. 물론 그것이 가장 어렵지요. 그렇다면 글을 재미있게 쓰기 위해서는 어떻게 해야 할까요? 크게 3가지로 정리해서 말씀드리고 싶습니다.

첫째, (재미없고 공감 안 되는) 내 이야기를 제발 쓰지 마세요. 사실 다른 작가분들의 강의는 "여러분 꾸준히 열심히만 쓰세요, 파이팅!" 같은 맹목적 희망 코멘트를 많이 담고 있습니다. 하지만 편집자로서 커리어를 쌓아서 그런지 특히나 초보 작가의 경우, 천재적인 스토리텔러가 아닌 이상 내 이야기만 밑도 끝도 없이 써서 투고하셨을 때 '도대체 왜 아무도 관심 없는 이야기를 자꾸 쓰는 거지?' '왜 본인의 자서전 같은 이야기를 자꾸 써서 투고하는 것일까?' 하며 답답할 때가 많았습니다.

특히나 더 이렇게 강조하며 말씀드릴 수 있는 이유는 바로 서점에 나가 보시면 됩니다. 몇 년 전만 해도 서점 매대에는 자서전이 많이 자리하고 있었어요. 빌 게이츠Bill Gates, 버락 오바마Barack Obama, 마크 저커버그Mark Zuckerberg 같은 유명 CEO나 정치인들이 자신의 분야에서 성공한 이야기를 담은 자서

전이 베스트셀러 1위를 많이 했는데 요즘에는 그런 책들이 별로 없습니다. 왜냐하면 그런 분들의 성공 스토리가 이제는 너무 멀게 느껴지는 거죠. 내 이야기가 아닐뿐더러 그렇게 되고자 하는 꿈조차 의미가 없는 시대를 우리가 살고 있다는 거죠. '나는 절대로 저렇게 될 수 없어.' 이렇게 단정해 버리는 흙수저의 시대를 우리는 살고 있으니까요.

그러니 결국에는 독자가 읽고 싶은 글을 써야 한다는 거죠. 그러면 남들이 읽고 싶은 책은 어떻게 써야 할까요. 둘째, 철저한 자료 조사를 꼭 강조하고 싶어요. 어떤 한 분야에 대해 이야기하고 싶은데 '내'가 이미 그 분야에서 일하고 있다고 가정해봅시다. 분명 그 분야에 대해 쓸 수 있는 이야깃거리들이 충분히 있을 거예요. 그럼 자료 조사를 하고 트렌드를 찾으려면 어떻게 해야 할까요?

우선은 종이 신문을 많이 읽으라고 말씀드리고 싶습니다. 혹시 '신문? 스마트폰으로 보면 되지 않나요?'라고 말씀하는 분도 계시리라는 거 잘 알고 있습니다. 하지만 저는 종이 신문을 추천드려요. 종이 신문을 읽으라고 말씀드리는 이유는 종이 신문에는 각계 각층의 오피니언 리더, CEO, 전문가, 세계적인 석학 및 구루guru들의 글이 짜임새 있게, 그 큰 페이지에 한 페이지, 최소 반 페이지 정도 밀도감 있게 담겨 있기 때문입니다.

그러한 글들을 읽으면서 '아하, 이렇게 글을 쓰는구나' 하는 노하우 및 스킬을 익혀나가야 한다는 것이지요. 더불어 잡지도 읽어보시라고 강조하고 싶고요. 요즘에는 뉴스레터 newsletter가 그렇게 도움이 많이 되더라고요. 저도 뉴스레터를 계속 읽고 있는데 출판 분야뿐만 아니라 경제, 라이프스타일에 대해 다루는 뉴스레터들이 많이 있습니다. 그런 뉴스레터만 몇 개 구독해서 읽는다면 트렌드를 읽어 내는 데 큰 도움이 될 겁니다.

그런데 제가 글쓰기 및 책쓰기 강사로 오랫동안 활동하는 중에 깨달은 바가 있어요. 생각보다 글을 쓰고자 하는 분들이 자료 조사를 잘 안 하려고 합니다. 왜냐하면 귀찮고 시간이 많이 들기 때문이지요. 자료 조사 잔뜩 했는데 버리게 되는 자료들도 많이 생길 테니 아깝기도 할 것이고요.

그리고 트렌드에 대해 생각보다 무관심하세요. 많은 예비 작가분들에게 여쭤봤습니다. '일주일에 서점을 몇 번 가세요?' 그런데 대부분이 책을 살 일이 있어도 오프라인 서점에 안 가시고 온라인으로만 주문하신대요. 그 이야기를 듣고 제가 깜짝 놀랐습니다. 매대를 직접 관찰하며 가까운 미래에 출간될 내 책이 어떻게 올라가 있을지, 다른 유사 주제의 도서와 어떻게 경쟁할지 마인드 컨트롤을 해도 모자랄 판인데 서점에도 가지 않고 그러한 상상도 안 해보신다고 하더라고요.

최소 일주일에 한 번은 서점에 나가 보아야 합니다. 그 매대에 다음 주에도 그 책이 살아남아 있을지 그다음 주에도 올라와 있는지 이런 것들에 대해 고민하고 분석해야 해요. 그냥 책상 앞에 앉아서 글을 쓰는 것만이 전부는 아니라는 점을 강조하고 싶습니다.

요즘 유행하는 제목 스타일은 뭔지, 콘텐츠는 어떤지 이런 것들을 다 파악하고 계셔야 해요. 본인이 너무나 천재적인 작가로서의 재능을 갖고 있는 분이라면 제가 뭐라고 더 말씀드리지 않겠습니다. 하지만 그게 아니라면 두 번째로 말씀드린, 철저한 자료 조사는 반드시 습관처럼 하셔야 합니다.

마지막 세 번째, 영화를 만들 때 사용하는 용어 중 프리 프로덕션pre-production이라는 단어를 들어보신 적이 있나요? 만들어질 영화를 미리 구성해보고 전체적으로 시스템도 짜보는 프리 프로덕션을 내 책 원고를 쓸 때도 대입해 보시기를 추천드려요. 이 말인즉슨, 목차를 짜서야 한다는 것입니다. 목차는 너무 중요해요. 목차가 잘 정리되어야 그다음에 어떤 글들이 나올지에 대해서 생각해볼 수 있어요. 책을 구성할 때 왜 프롤로그나 추천사 다음에 바로 목차가 나오는지 아세요? 전체적인 구성이자 줄기인 목차를 확인해야 어떻게 글이 다듬어지고 배치되어 있는지 알 수 있기 때문에 목차가 앞에 있는 겁니다.

그렇다면 목차는 어떻게 짜냐? 구성은 어떻게 하냐?

학창 시절에 소설은 기승전결起承轉結로 이루어진다고 이야기를 참 많이 들었을 것입니다. 당연히 기승전결로 잘 구성된 글을 쓰는 것이 당연합니다. 그런데 이 수업은 소설'만'을 쓰기 위해 진행하는 수업이 아니기에 조금 다르게 접근해 보겠습니다. 첫 책을 집필하는 데 있어 소설은 쉽지 않기는 해요. 일반적으로 에세이나 자기계발 서적을 첫 책으로 출간한다고 했을 때 '결結'이 제일 앞으로 나온다고 생각하고 쓰라고 말씀드릴게요.

왜 일반적인 정석 방법이 아닌 편법을 쓰게 되냐고 조심스럽게 물어보신다면 정답은 하나밖에 없다고 이야기하겠습니다. 처음이 재미없으면 그다음에 글을 계속 읽는 힘이 떨어질 수밖에 없어요. 처음이 재미없으면 그냥 몇 장 읽다가 덮어버릴 수밖에 없어요. 굳이 '결'이 앞으로 와야 한다고 말씀드린 이유는 재미있는 이야기가 앞쪽에 있어야 함을 강조하기 위해서랍니다. 서두를 재미있게 쓸 수 있다고 하신다면 그렇게 쓰셔도 된다고 두 번 세 번 강조하면서 응원하겠습니다.

서점에 나갔을 때 마지막까지 다 읽고 책을 사는 분들은 아예 없다고 생각하셔야겠죠. 앞이 재미있어야 그다음 페이지도 읽어보고, 다음 페이지도 읽어볼 수 있습니다.

그런데 대부분 학창 시절에 기승전결로 배웠기 때문에 글을 쓸 때 앞을 참 재미없게 쓰세요. 앞이 재미있게 '결'이 나오고 목차를 정확하게 짜야 한다는 점을 말씀드리고 싶습니다.

좋은 글, 나아가 팔리는 글, 출판사가 원고를 픽pick하는 글을 쓰는 대표적인 3가지 방법을 말씀드렸습니다.

첫째, 내 이야기를 쓰지 말고 타인, 독자가 읽고 싶어 하는 글을 쓰자.

둘째, 자료 조사와 트렌드를 잊지 말자.

셋째, 처음이 재미있어야 한다. 그리고 목차를 잘 짜야 한다.

이렇게 세 가지를 말씀드리면서 1강을 마치도록 하겠습니다.

오늘의 미션

교보문고, YES24, 알라딘을 포함한
온라인 서점 어플 스마트폰에 다운받기

책쓰기 Vs. 글쓰기

이번 시간에는 '책쓰기 Vs. 글쓰기'에 대해 공부해 보도록 하겠습니다. 우선 책 쓰기와 글쓰기에 대해 이야기하기 전 저만의 공식을 하나 말씀드리려 해요. 바로 'CATS 글쓰기' 즉 '고양이 글쓰기'입니다.

C: clear(명쾌하고 정확하게 써라)

A: alone(홀로 내면에 집중하고 꾸준히 습관처럼 써라)

T: trust(자신을 믿고 써라)

S: special(특별하게 만든 이야기를 써라)

글을 쓰다 보면 이 네 가지가 중요하다는 사실을 새삼 느끼게 될 것입니다. 그렇다면 왜 CATS 글쓰기를 말씀드리느냐. 저는 무려 일곱 마리 고양이의 집사입니다. 하루 종일 집에서 고양이들과 생활하며 그들의 행동 패턴이나 습관들을 관찰하게 되는데요.

　고양이는 언제나 움직임이 명쾌하고 정확해 보이기까지 해요. 또한 홀로 잘 있잖아요. 그런 부분이 저에게 영감을 준 것 같아요. 영감을 얻거나 아이디어를 찾거나 할 때 생활 속에서 이렇게 발견할 수 있다는 것을 다시 한번 말씀드리면서 글을 쓸 때 'CATS writing'을 한번이라도 생각해 보시라고 조심스레 권합니다.

　글을 쓸 때는 전체적으로 무슨 말인지 이해할 수 있게 써야 합니다. 글을 쓰는 작가는 사실 힘겹게 써야 해요. 작가가 힘들수록 독자는 쉽게 책을 이해할 수 있습니다. 제가 출판사에 처음 입사했을 때 선배께서 이런 이야기를 하셨어요. 편집할 때는 중학교 1학년, 2학년생들이 이해하고 독해할 수 있는 수준으로 편집하라. 그 말은 결국 책으로 나왔을 때 독자는 아주 쉽게 이해하고 읽을 수 있어야 한다는 뜻이고 작가와 편집자는 힘겹게 글을 쓰고 다듬어야 한다는 이야기이지요.

　글을 쓸 때 어느 장소에 대해 설명하려면 그곳을 직접 찾아가 보고 도서관에서 관련 책들을 읽어보는 수고로움을 안 할 수가 없지요. 직접 경험 못지않게 간접 경험도 너무나 중요하죠. 하지만 그에 못지않게 직접 경험이 주는 글감, 감동,

현장감 넘치는 아이디어는 정말 무시 못 하겠더라고요. 작가가 힘들어야 독자는 쉽게 책을 읽을 수 있다는 사실을 반드시 기억해 주시길 바랍니다.

여러분은 작가의 라이벌이 누구라고 생각하시나요. 좀 더 다르게 접근해 보자면 오늘날 책의 라이벌은 무엇일까요. 저는 또 다른 베스트셀러가 아니라 스마트폰이라고 생각해요.

지하철을 타거나 버스를 탔을 때 책 읽는 사람을 본 적 있나요. 모두가 스마트폰을 꺼내서 음악을 듣거나 뉴스를 보거나 자신에게 필요한 어플을 플레이하고 있을 겁니다. 이때 책을 읽는 분들이 가끔 계십니다. 자신에게 꼭 필요해서 읽는 책일 수도 있고요. 너무나 놀랍게도 지하철에서 책 읽는 분이 있었습니다. 심지어 어느 분은 제 책을 읽고 계신 적이 있어서 가서 물어본 적이 있어요. "이 책 어때세요?"라고 물었더니 "재미있어요"라고 답하셨죠. 이 말인즉슨 책이 재미있어야 한다는 거였어요.

어찌 보면 글쓰기는, 그리고 책 쓰기는 그렇게 어렵지 않을 수도 있습니다. 재미있게 쓰면 되거든요. '내'가 쓴 책의 경쟁자가 다른 작가가 아니라 스마트폰이라는 사실을 한 번 더 생각한다면 글을 쓸 때 정말 재미있게 쓰기 위해 무엇을 해야 할지 현실적으로 와 닿을 겁니다.

현대인들은 디지털에 익숙해져 있지만 동시에 과도한 디지털 홍수에 지쳐 있는 것도 사실입니다. 그렇기 때문에 아날로그 감성을 찾는 것도 무시 못 할 테지요. 제가 책을 쓸 때 특별히 재미있던 에피소드가 하나 있는데요. 어떤 경험이었냐 하면요. 몇 년 전 마라톤에 빠져 있던 적이 있었습니다. 보통 마라톤이라 하면 최근에는 그 자체만으로도 트렌드로 인식하여 10킬로미터, 하프마라톤을 많이 하기도 하고 한강변을 가볍게 뛰는 분들도 계시는데 저는 당시 42.195킬로미터인 풀코스를 뛰고자 춘천마라톤을 신청한 적이 있었습니다. 사실 신청하면서도 과연 뛸 수 있을까? 완주할 수 있을까? 옛날 그리스 전쟁 때 병사는 42.195킬로미터를 뛰고 왕 앞에서 쓰러졌다는 이야기도 있는데 나도 죽지 않을까 하는 걱정도 있었죠.

그래도 뛰었습니다. 왜냐하면 목표를 설정해서 완주하고 싶은 다짐도 있었지만 이렇게 뛰면 나중에 하나의 글감으로 책을 쓰는 데 도움이 되지 않을까 하는 생각도 들었습니다. 37~38킬로미터쯤 다다르면 회송 차가 옆에 보입니다. 그때 모두가 그 회송 차를 타고 싶은 마음 때문에 갈등합니다. 회송 차를 보고 마음이 편안해져 의외로 그 구간에서 다치는 분들도 꽤 많아요.

근데 그때 전 이런 마음을 먹었습니다. 달리기로 너무 유명한 작가님이 두 분 계시는데 무라카미 하루키, 그리고 김연

수 작가님입니다. 두 분의 글도 너무 좋아하는데요. 특히 제가 김연수 작가님의 인터뷰를 본 적이 있었어요. 당시 첫 번째 마라톤을 완주하지 못하셨다고 인터뷰를 하셨지요. 그때 제가 마음먹은 다짐이 이거였습니다. 내가 마라톤을 완주하면 김연수 작가님보다 아직은 유명하지 않고 아직은 베스트셀러 작품이 없어도 그분보다 잘할 수 있다고 한 가지 이야기할 수 있는 게 마라톤 풀코스를 처음에 완주했다는 팩트이겠지요. 그래서 언젠가 꼭 이 내용을 써보고 싶어서 그 힘든 와중에도 이를 악물고서 회송 차의 유혹을 이겨내고서 완주하였습니다. 물론 완주하기까지 시간은 좀 걸렸습니다.

뭔가 도전하거나 목표에 다다르거나 하는 이야기를 할 때마다 이 이야기를 장난 반 진담 반 꺼내곤 하는데 직접 경험이 가져다주는 흥분과 설렘 때문에 제 책의 한 부분을 빛내지 않았을까 생각합니다.

작가는 글을 잘 쓰는 것도 중요하지만 작가의 글을 잘 편집해줄 편집자와 디자이너를 잘 만나는 것도 중요합니다. 글도 잘 쓰고 싶고, 좋은 편집자와 디자이너도 만나고 싶고 하는 마음을 안고서 나의 이름이 새겨져 있는 책 한 권을 품에 꼭 안고 싶으실 겁니다.

하루에 한 시간, 두 시간 꾸준히 시간을 내어 쓰다 보면 이 책으로 내가 무슨 부귀영화를 누릴 거라고 하며 머리를 쥐

어뜯는 상황이 분명 생기지만 그런 고통스러운 상황이 독자에게는 즐거움이 될 수 있다는 사실을 잊지 마셨으면 합니다. 한 권의 책을 위한 원고를 쓰는 이 과정을 통해 다양한 고민도 같이 해봤으면 좋겠습니다.

셰익스피어Shakespeare 이후로 영국이 낳은 세계적인 작가 조앤 롤링Joan K. Rowling은 생활비가 없어 아주 허름한 카페에서 겨우겨우 글을 썼다고 합니다. 경제적으로 고통 받고 무엇을 써야 할지 모르는 그 상황에서도 작품 하나에 모든 에너지를 다 담아 승화시켰기 때문에 전 세계적으로 성경 다음으로 가장 많이 팔린 시리즈를 완성할 수 있지 않았을까 하고 생각해 봅니다.

많이 힘들어도 조금만 더 힘을 내어주세요. 한 권의 책을 가질 수 있다는 뿌듯함, 명함보다 빛나는 내 책을 분명 출판할 수 있습니다. 그러니 저와 함께 하는 시간을 반드시 즐겨주시기 바랍니다.

오늘의 미션

평소 쓰고 싶은 분야의 책과 유사한 책 검색하기

~~~~~

Class 3

글감 찾아 삼만리

자, 글감 찾는 방법에 대해 함께 고민해볼까요. 글을 써야 해서 컴퓨터를 켰는데 보이는 것은 흰색이요, 깜빡이는 것은 검정색이라. 이후 그 화면만 5분, 10분 계속 쳐다볼 수 있습니다. 글감 찾는 게 참 쉽지 않죠. 글감을 찾기 위해서 어떻게 노력하면 좋을지 고민해보겠습니다.

이번 시간은 글감을 찾기 위한 첫 번째 시간입니다. 먼저 종이 신문과 뉴스레터를 통해 트렌드를 파악하라고 말씀드리고 싶어요. 요즘 누가 종이 신문을 읽느냐고요? 바로 제가 읽습니다. 작가가 되려면 종이 신문을 많이 읽어야 합니다. 왜냐하면 이유는 의외로 간단합니다. 신문에는 오피니언 리더opinion leader, CEO, 구루, 교수 등 다양한 분들이 하나의 주제를 통해 깊이 있는 글을 씁니다. 학창 시절, 논술을 잘하려면 신문 사설을 많이 읽어야 한다고 들어본 적이 있을 것입니다. 사설뿐만 아니라 오피니언 리더의 글을 읽으면 그들이 어떻게 글을 쓰는지, 주제는 어떻게 잡는지 이런 기법들을 배울 수 있습니다.

트렌드 파악도 잘할 수 있습니다. 그러니 단순히 인터넷 뉴스가 아니라 종이 신문을 읽어보세요. 세상을 바라보는 눈과 함께 글쓰기를 위한 눈이 달라집니다.

혹시 뉴스레터는 읽어본 적이 있나요. 스낵컬처snack culture(과자를 먹듯 5~15분의 짧은 시간에 문화 콘텐츠를 소비한다는 뜻)가 뭔지 아시나요. 워낙 읽어야 할 것들이 많기에 세상 돌아가는 이야기를 좀 더 빠르게 알고 싶고 뭔가 주제만 포인트 잡아서 알고 싶을 때 요즘에는 뉴스레터를 많이 구독합니다.

저는 몇 개의 뉴스레터를 구독하는지 찾아봤거든요. 열 개 정도더라고요. 그러면 제가 구독하는 뉴스레터에는 어떤 것들이 있는지 말씀드릴게요.

1. 뉴닉NEWNEEK: 고슴도치 캐릭터 '고슴이'를 통해 대중과의 소통 추구. 주 5회 대한민국 내외 언론 기사와 사회 전반 문제 정리.

2. 캐릿Career: MZ세대 최신 트렌드를 빠르게 소개.

3. 헤이팝heyPOP: 취향을 탐색하는 팝업 큐레이션 플랫폼. 디자인, 라이프스타일, 예술, 건축, 리빙, 마케팅, 브랜딩 등 트렌드 소식 큐레이션.

4. 어피티UPPITY: 사회초년생을 위한 금융경제 미디어.

5. 까탈로그: 매주 금요일. 트렌디한 리빙, 라이프 등 지갑을 열게 하는 요즘 핫한 것들 소개. 유튜브 '디에디트'가 운영.

6. 민음사《한편》: 하루 5분, 일상과 함께 하나의 질문을 함께 푸는 인문학 편지. 출판사 민음사가 운영.

7. SPREAD by B: 매거진 〈B〉가 큐레이션한 브랜드 소식을 담아냄. 내 주변의 삶과 환경에서 시작해 비즈니스 지형에까지 영향을 미치는 크고 작은 브랜드의 행보를 지속적으로 관찰.

그 외 반비 책타래, 고독단 학곰, 창비 주간논평 등을 구독하고 있습니다. 요즘에는 독서 모임에서 독서만이 아니라 뉴스레터를 자체적으로 발행해 많은 분과 함께 책을 읽고자 하는 캠페인을 많이 벌이더라고요.

최신 트렌드를 알고 그 트렌드에 맞춰 글을 계속 써나갈 것이기 때문에 뉴스레터 구독을 추천드립니다. 저는 뉴스레터도 읽고, 신문도 읽고, 잡지도 많이 읽는데 글을 쓰려면 그 주제의 10배 정도 되는 지식을 축적해 둬야 쓸 수 있더라고요.

글을 쓰기 위한 10배의 지식을 수집과 정리를 통해 나만의 출간 라이브러리, 아카이브로 만들어서 잘 정리해 두는 습관을 들인다면 다음번에 다른 글을 쓸 때 거기서 또 필요한 부분들을 끄집어내어 쓸 수 있는 장점이 있어요. 그리고 보면 글쓰기는 습관을 들이는 게 참 중요한 것 같습니다. 글감을 정리할 때도 습관처럼 잘 정리해야 글을 쓸 때 허둥지둥하지 않고, 똑같은 자료를 또 찾느라고 이중삼중으로 고생하는 수고를 덜 수 있을 거예요.

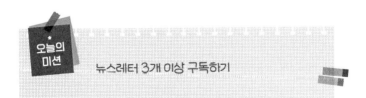

오늘의 미션　뉴스레터 3개 이상 구독하기

당신의 글감은 무엇인가요

글감 찾기에 대해 두 번째 이야기를 나눠보도록 하겠습니다. 지난 시간에 종이 신문과 뉴스레터 구독에 대해 이야기드렸어요. 왜냐하면 트렌드를 알아야 독자에게 쉽게 다가갈 수 있는 글을 쓸 수 있기 때문이지요. 그런데 이번 시간에는 조금 뻔한 이야기를 할 수도 있어요.

'작가라면 당연히 책을 많이 읽어야 하지 않을까?'라고 생각하겠지만 조금 더 효율적이면서 실용적인 독서에 대해 이야기하고자 해요. 적극적으로 책을 잘 읽기 위해서 중요한 문장에 밑줄을 긋거나 포스트잇에 좋은 문장을 적어 책에 붙여 둠으로써 그 문장들을 계속 익히고 되새기는 습관을 들이는 것을 추천드려요. 그렇게 독서를 함으로써 적극적인 독서 습관을 길러 내가 쓰고자 하는 글에 조금 더 가까이 다가가고 나보다 글을 좀 더 잘 쓴다고 생각하는 인기 작가의 글을 익힘으로써 '나도 저런 식으로 글을 써야겠구나' 하는 리프레시가 되는 역할을 할 수도 있기 때문이지요.

더불어 혼자 책 읽기가 쉽지 않다면 독서 모임을 찾아보는 것은 어떨까 하고 말씀드리고 싶어요. '책 쓰기도 아니고 책 읽기인데 독서 모임에 굳이 나가야 할까?' 이렇게 생각하실 수 있겠지만 내가 읽는 책에 대한 시각과 타인이 생각하는 시각이 분명 다를 수 있습니다. 그 간극을 어떻게 좁혀나갈지, 아니면 또 다른 글쓰기를 위한 방법으로 익힐지를 고민하기 위해 독서 모임에 참석해 보기를 추천드립니다.

사실 여러 가지 시각이 쌓이면 좋은 글쓰기를 위한 밑거름이 될 수가 있겠지요. 그리고 어느 순간 독서 모임 자체에 대한 책을 쓸 수도 있지 않을까요. 계속 말씀드리지만 다양한 경험의 중요성은 글쓰기에 있어 아무리 강조해도 지나치지 않습니다.

여러분께 독서란 단순히 눈으로만 읽는 것이 아니라 오감을 깨워서 읽어야 함을 말씀드렸습니다. 그렇다면 이번에는 필사하기에 대해 말씀드리고자 해요. 요즘 글쓰기에 앞서 필사하기가 유행입니다. 남의 글을 베껴 쓴다는 편견도 있지만 필사를 함으로써 스스로 치유받고 힐링하는 기쁨을 누릴 수 있기에 필사하는 경우가 많습니다.

심신의 안정을 위해서, 본인을 되돌아보는 기회를 준다는 장점이 있기 때문에 퇴근 후 밤에 다른 일을 마치고 오롯이 본인에게만 집중할 수 있는 바로 그 시간 진행되는 필사를 추천드려요.

그렇다면 필사는 얼마만큼 해야 하나 하고 고민하실 텐데 하루 10~30분 정도만 필사하셔도 충분합니다. 필사를 함으로써 심신 안정도 얻고 타인의 글을 써봄으로써 문체도 익히고 글을 쓰는 전체적인 구성도 배울 수 있어요. 필사는 사실 무엇보다《성경》필사가 가장 많이 알려져 있습니다. 조정래 작가의《태백산맥》10권 필사하기가 한때 회자된 적이 있었어요. 특히 그가 외동아들 부부에게《태백산맥》을 필사하도록 한 이야기는 많이 알려져 있습니다. 조정래 작가님께서는 이렇게 이야기하셨습니다. 아들 내외에게 필사를 시킨 이유가 크게 세 가지였다고 합니다. 첫째, 분단의 비극을 후손에게 물려주지 않으려면 역사를 바로 알아야 한다는 생각에서 시켰다고 하고요. 둘째, 필사하면 문장력이 강화돼서 생각을 글로 잘 표현할 수 있게 된다, 라고 작가님께서 직접 말씀해 주셨어요. 셋째, 소설 속 인간 군상의 처세술을 배워야 험한 세상을 헤쳐나갈 수 있다, 라는 이야기를 하셨다고 해요.

특히 우리는 두 번째 이야기인 필사를 하면 문장력이 강화돼 생각을 글로 잘 표현할 수 있게 된다, 라는 점을 반드시 명심해야 합니다.《태백산맥》10권 전체를 필사하신 분이 스물두 분이신데요. 필사본은 전남 보성군 태백산맥 문학관에 전시되어 있다고 합니다. 평균적으로 10권을 필사하는 데 무려 3년이 걸린답니다. 하루에 3~4시간 정도 필사하신 걸로 알려져 있어요. 그 정도의 시간 동안 10권을 필사함으로써 나의 마음을 오롯이 정화하고 명상하듯이 나를 돌아보는 그런 시간을 여러분께서도 충분히 가지길 바라면서 오늘은 글감 찾기 두 번째 시간, 독서하기와 필사하기에 대해서 말씀드렸습니다.

특히나 고전을 필사하면 좋은 이유는 크게 몇 가지로 생각할 수 있는데요. 저는 이렇게 말씀드리고 싶어요. 요즘 글은 문장과 문장 간 이음이 많이 스피디하고 트렌디하다는 생각이 많이 듭니다. 하지만 고전은 어떤 상황이나 특징을 조금 더 여유 있고 풍성하게 설명하는 경향이 있어요.

저는 눈을 감고 있을 때 내가 쓴 글의 모든 상황이 머릿속에 그려지도록 써야 한다고 생각하는데요. 그런 점 때문에라도 고전 필사를 너무나 추천드려요.

오늘의 미션 내가 좋아하는 책에서 10문장 이상 필사하기

가장 아름다운 글이란?

이번 강의에서는 글감 찾기에 대한 세 번째 이야기를 나눠보고자 합니다. 지금까지 계속 직접 경험이 너무나 중요하다 말씀드렸고 그에 못지않게 간접 경험도 중요하다고 계속 말씀드리고 있습니다.

사실 '작가는 엉덩이로 글을 쓴다'라는 팩트 폭격이 있습니다. 이게 무슨 말일까요? 글을 쓰려면 말 그대로 시간이 많이 걸리고 생각도 많이 해야 하고 여러 가지 자료도 찾아야하기에 '의자에 앉아서 글을 쓴다'는 표현이 '엉덩이로 쓴다'는 표현으로 알려져 있습니다. 하지만 발로도 쓸 수 있어야 합니다. 이건 또 무슨 말이냐? 그만큼 경험을 하기 위해 여기저기 많이 다녀야 한다는 거죠. 그렇다면 결국 작가는 엉덩이로도 글을 쓸 수 있고 발로도 글을 쓸 수 있어야 한다고 말씀드리고 싶어요.

예를 들어 여러분께서 어떤 미술관에 대해 쓰려고 준비하고 있다고 가정해 봅시다. 그런데 단순히 인터넷 검색만으로, 아니면 책을 몇 권만 읽고서 쓰는 게 가능할까요? 그 미술관을 직접 방문해서 어떤 구조인지 어느 자리에 어떠한 작품이 있는지 등 명확하게 인지하고 쓴다면 다른 작가들은 놓치고 있는 디테일을 조금이라도 더 상세하게 표현할 수 있지 않을까요?

지난 시간에 조정래 작가님의《태백산맥》필사 이야기를 했습니다. 오늘은 조정래 작가님의 또 다른 이야기를 들려드리려고 합니다. 1990년에 접어들어서 작가님께서는 〈한국일보〉에《아리랑》연재를 시작하셨어요. 그분께서 현장 취재를 중요시한다는 사실은 문학계를 넘어 출판계 전반으로 많이 알려져 있습니다. 작가님은 중국 만주, 동남아 일대, 미국, 하와이, 일본, 러시아 연해주 등지까지 직접 취재하고서 구한말부터 해방 직전까지 한국인들이 겪어왔던 애환을 담아낸 바로 그 12권짜리 시리즈《아리랑》을 완성할 수 있었습니다. 이처럼 대작가님께서도 직접 경험을 중요하게 생각합니다.

그냥 몇 권 더 출판해본 저뿐만 아니라 여러분 모두가 직접 경험해봄으로써 생생하게 느낄 수 있는 디테일을 절대 놓치지 마시길 바랍니다. 그래서 이번 세 번째 강의에서는 계속 경험의 중요성에 대해 말씀드리고 있습니다.

다양한 경험이 다양한 이야기를 창조할 수 있습니다. 경험 하나가 하나의 이야기를 만들 것 같죠? 하나의 경험이 수십 개, 수백 개의 이야기를 만들 수 있는 글감이자 밑거름이 될 수 있습니다.

저는 사실 40대가 어떻게 하면 조금 더 나답게 살 수 있을지에 대한 글을 써왔고 책을 출판했습니다. 이렇게 이야기할 수 있는 것은 제가 그 나이대 분들과 유사한 경험을 많이 해왔고 조금이라도 더 독특한 경험을 했다면 그 경험들이 글에 녹아들었겠지요. 그분들에게 나답게 사는 것이 어떤 즐거움을 가질 수 있는지를 계속 강조하기 위해서 저는 많은 경험을 해오고 있고 그 경험을 바탕으로 글을 써오고 있습니다.

강의하면서 얻는 즐거움, 다양한 취미들, 책을 읽고 잡지를 읽고 신문을 읽고 제가 이렇게 다 얘기할 수 있는 것은 말 그대로 다 해봤기 때문이 아니겠습니까? 강의뿐만 아니라 글쓰기, 책 쓰기 역시나 경험이 너무 중요합니다. 다양성과 자기주장을 중요시하는 MZ세대에 대한 강의도 많이 하고 있으며 제 책에는 20대와 40대의 공존 이야기도 많이 담겨 있습니다. 역시나 이렇게 할 수 있는 이유는 20대들과 많이 대화 나눠보고 그들이 좋아하는 문화를 저도 함께 느껴보고 싶고 느끼고 있기 때문이겠지요.

가능한 직접 경험이 좋겠지만 그것이 아니라 간접 경험을 통해서라도 여러분께서는 많은 경험을 통해 다양한 글감을 찾아보셔야 합니다. 근데 혹시나 예를 들어서 '저는 너무 내성적이에요' 아니면 '저는 집돌이, 집순이라 밖에 나가는 거 싫어해요'라고 이야기하실 수도 있겠지요. 하지만 내성적인 분들이 내성적인 이야기를 한다고 했을 때 내성적이지 않은 사람과 비교하려면 내성적이지 않은 그 상황에 맞부딪칠 수 있어야 대비되는 이야기를 통해 독자에게 조금 더 현실감 있게 다가설 수 있습니다. 집돌이, 집순이여서 집돌이, 집순이 이야기만 하고 싶다고 집에만 있는 게 아니라 그렇게 하지 않는 사람들의 삶을 이야기함으로써 그들과 다른 나의 모습을 잘 대비할 수 있어야 독자들은 더욱 쉽고 편안하고 재미있게 이해할 수 있습니다.

근데 혹시라도 계속 고집부리신다면 이렇게 말씀드리고 싶어요. '작가가 될 수는 있겠지요. 하지만 좋은 작가가 될 수는 없어요.' 그러니 힘든 경험이라 할지라도 글을 쓰기로 마음먹었다면 그 경험을 충분히 겪고 이해하고 내 것으로 만들어 글에 녹여내는 그런 노력을 절대로 아끼지 마시고 계속해서 해나갈 수 있기를 당부드립니다.

사실 자신의 이야기를 쓸 때 가장 글다운 글을 쓸 수 있습니다. 내가 모르는 이야기를 아무리 지어내려고 해봤자 경험담이 어느 정도 담겨 있지 않으면, 다르게 말하자면 산으로 바다로 논으로 가는 글이 될 수 있습니다. 경험을 밑바탕으로 해서 그 위에 쌓아 나가는 것이 글쓰기이자 책 쓰기인데 밑바

탕이 명확하게 다져지지 않으면 금방 무너질 수밖에 없습니다. 경험을 탄탄히 쌓고 그 경험을 바탕으로 쌓아 나갈 수 있기를 강력하게 당부드립니다.

계속 경험이 중요하다 말씀드렸지만 여러분의 하루하루 그 자체가 경험입니다. 이런 것들을 잘 정리해서 정말 아무것도 아닌 이야기 같아도 그 이야기들을 아주 특별하게 만드는 그 힘이 작가의 힘이기 때문에 그런 부분들을 잘 이해하시고 '경험이 글감을 쌓는 핵심이다' 하는 부분을 절대 잊지 마시길 바랍니다.

'경험담을 이야기해주세요'라고 추상적으로 말하기에는 좀 애매할 것 같아서 이렇게 부탁드리고 싶어요. 오늘 점심 드셨죠? 맛있었나요? 맛없었나요? 다음에 또 먹고 싶나요? 여러분이 드신 오늘의 점심 식사 경험을 솔직하게 10줄 정도 써주세요.

Class 6

글쓰기의 뼈대, 목차 쓰기

드디어 글쓰기의 뼈대에 해당하는 목차 쓰기를 함께해 보도록 하겠습니다. 목차는 책을 쓰기 위한 기본이자 뼈대입 니다. 영화로 생각하면 프리 프로덕션이라 생각하면 될 것 같 습니다.

보통 책을 쓸 때 목차는 4장이나 6장, 조금 더 내용이 많 거나 세부적으로 쓰고 싶다면 8장을 많이 씁니다. 짝수라는 숫자가 주는 어떤 안정감과 나중에 북 디자인을 할 때 디자인 적으로도 뭔가 여유를 가질 수 있기에(이는 충분히 주관적일 수 있습 니다) 4장, 6장, 8장 이렇게 짝수로 챕터를 많이 쓰곤 해요. 물 론 홀수라고 하지 말라는 건 아닙니다.

저는 평균적으로 4장이나 6장을 많이 추천해 드리는데 요. 이번 시간에는 여러분과 4장 정도를 함께 써보는 연습을 해보도록 하겠습니다. 여러분께서는 학창 시절에 글은 기승전결로 써야 한다고 배웠지만 책 쓰기는 사실 두괄식으로 하셔야 한다고 앞에서 말씀드렸어요.

　세상에 책은 참 많아요. 내가 읽고 싶은 책도 참 많지요. 당연히 책보다 재미있는 것들도 많겠지요. 그렇기에 책이 주는 장점이 있어야 할 것이고 이를 잘 이해하고 있어야 할 겁니다. 하지만 여러분께서 잘 알고 계시는데 미괄식으로 책을 써야 한다고 강조한다면 어떠한 일이 생길까요. 재미있는 엔딩을 읽기 위해 재미없는 시작을 견뎌낼 수 있을까요. 그러다 보니 해답은 명확해집니다. 바로 두괄식으로 써야 한다는 것입니다. 그래야 다음 페이지도 읽고 그다음 내용도 읽을 수 있기 때문이죠. 다음은 유명 작품들의 첫 문장입니다. 바로 시작 중의 시작이라는 것이지요. 첫 문장이 중요하다는 이야기를 많이 들어보셨을 텐데 어떠한 느낌인지 한번 가늠해 보시기 바랍니다.

　참으로 진지한 철학적 문제는 오직 한 가지뿐이다. 그것은 자살이다.

　－《시지프의 신화》Le Mythe du Sisyphe, 알베르 카뮈Albert Camus

어머님! 나는 사람을 죽였습니다.

　　　　　　　　　－〈어머니께 보내는 편지〉, 이우근

어떤 행성에서 지적 생물이 성숙했다고 말할 수 있는 것은 그 생물이 자기의 존재 이유를 처음으로 알아냈을 때이다.

－《이기적 유전자》The Selfish Genes,

리처드 도킨스Richard Dawkins

코스모스는 과거에 있었고, 현재에 있으며, 미래에 있을 그 모든 것이다.

－《코스모스》Cosmos, 칼 세이건Carl Sagan

행복한 가정은 모두 비슷해 보이지만 불행한 가정은 저마다의 이유가 있다.

－《안나 카레니나》Anna Karenina,

레프 톨스토이Lev Nikolayevich Tolstoy

모든 아이들은 자란다. 한 사람만 빼고.

－《피터 팬》Peter Pan, 제임스 매튜 배리James Matthew Barrie

내가 지금보다 어리고 더 물러터졌던 시절, 아버지는 내가 지금까지 마음속으로 되새길 충고 한마디를 하였다. "누구를 비판하고 싶어질 땐 말이다, 세상 사람이 다 너처럼 좋은 조건을 타고난 건 아니라는 점을 명심하도록 해라."

－《위대한 개츠비》The Great Gatsby,

프랜시스 스콧 피츠제럴드Francis Scott Key Fitzgerald

오늘, 엄마가 죽었다. 아니 어쩌면 어제. 잘 모르겠다.

−《이방인》L'Etranger, 알베르 카뮈

300페이지 가까운 글을 읽는다는 게 사실 쉬운 일은 아닙니다. 강한 의지를 갖고서 도전한다면 하루 만에 다 읽을 수도 있겠지만 일주일이 걸릴 수도 있고 한 달이 걸릴 수도 있습니다. 그러니 글을 쓸 때는 반드시 독자를 염두에 두며 두괄식을 생각하면서 써보길 추천합니다.

그럼 제가 준비한 샘플을 예시로 들어보겠습니다. 저는 고양이라는 주제로 Chapter를 네 개 준비했습니다.

Chapter 1. 작가 왕자와 일곱 고양이
Chapter 2. 오늘도 내일도 잠만 잔다고?
Chapter 3. 오롯이 내 곁을 지켜주는 천사들
Chapter 4. 고영희 씨는 사랑입니다

저는 저와 함께 살고 있는 일곱 고양이에 대한 책을 쓴다고 가정하고서 준비했습니다. 목차 제목도 사실 하나하나 카피라고 생각하셔야 합니다. 목차도 뭔가 좀 느낌 있고 재미있고 위트 있게 쓰셔야 해요. 'Chapter 1. 작가 왕자와 일곱 고양이'는 너무나 잘 아시겠지만 〈백설 공주와 일곱 난장이〉를 적절히 패러디했습니다. 이렇게 목차를 쓰실 때 다른 유명한 작품, 영화, 소설, 드라마를 패러디하는 것도 좋습니다. Chapter 2와 Chapter 3는 약간 일상적인 이야기여도 상관없습니다. 왜냐하면 처음이 재밌으면 그 뒤에도 재밌을 거라는 기대를 안고 가기 때문이에요. 또한 너무 재미있기만 하면 정작 재미있는 부분이 사라져버릴 수도 있습니다. 그러니 밸런스 있게 목차를 쓰셔야 해요. Chapter 4에서 고영희라는 표현은 고양이 집사들이 고양이를 고영희라고 부르는 유머가 있어서 이 표현을 사용해 보았습니다.

이렇게 뭔가 트렌디한 이야기들을 목차에 담아내는 것도 상당히 중요합니다. 목차도 읽는 데 리듬감이 있어야 해요. 전체적으로 명사형만 쓰거나 서술형만 쓰면 재미가 없습니다. 명사형도 썼다가 서술형도 써보고 의문문도 썼다가 감탄문도 써보고 이렇게 해야 우리 뇌가 언밸런스의 밸런스함을 통해 재미를 느끼기 때문입니다.

그리고 긴 문장으로 썼다가 짧은 한 단어만 썼다가 이렇게 뭔가 조화 속에서 느껴지는 부조화, 부조화 속에서 느껴지는 조화처럼 이런 것들을 목차에서 쓸 수 있어야 목차가 더 세련돼 보이고 이 글들을 정리해서 출판사에 투고했을 때 담당자도 '이분은 글을 좀 쓰시는 분이구나' 하고 한 번에 알아챌 수 있을 겁니다.

이어서 줄거리 쓰기에 대해 말씀드리겠습니다. 글감을 준비하고 목차도 썼다면 줄거리가 있어야 해요. 왜냐? 전체적인 뼈대를 목차를 통해서 만들었는데 조금씩 살을 붙여나가야겠죠.

우선 한 줄부터 시작해 봅니다. 네이버 검색 창에서 여러 영화나 드라마들을 검색해 보면 한 줄로 표현돼 있는 줄거리가 있습니다. 한 줄로 써보고 그다음에는 두 줄, 세 줄로 조금 넓혀보고 다섯 줄, 여섯 줄 조금 더 써보고 마지막으로 열 줄 정도 쓸 때까지 단계적으로 나의 책이 어떻게 내용을 확장시켜 나가는지에 대해 고민하면서 줄거리를 쓰신다면 나중에 긴 글을 쓰면서 복잡해지지 않고 쓰려고 하는 바가 정확하게 무엇인지 아니면 쓰는 동안 정확하게 무엇이 틀렸는지를 바로 캐치할 수 있습니다.

오늘의 미션 쓰고 싶은 책의 뼈대가 되는 목차 쓰기(짝수든, 홀수든 상관없음)

승

글쓰기에도
법칙이
있다

누구나 글을 잘 쓸 수 있다

이번 시간은 《누구나 글을 잘 쓸 수 있다》Anybody Can Write
라는 제목으로 책을 출간하신 세계적인 글쓰기 멘토 로버타
진 브라이언트Roberta Jean Bryant가 이야기하는 일곱 가지 법칙에
대해 이야기 나눠보고자 합니다. 그리고 글을 잘 쓰기 위한
방법을 강조하기 위해 오늘 강의를 준비했습니다.

첫 번째, 글쓰기는 행동이다. 생각하는 것은 글쓰기가 아
니다. 글을 쓰겠다고 마음먹었다면 주저 없이 써야 합니다.
한밤중에 글을 쓰고자 마음먹었다면 한밤중에 쓰셔야 하고
요. 노트, 메모지, 필기도구를 항상 옆에 놔두고 꿈에서 대단
한 무엇인가를 느꼈을 때 눈 뜨자마자 써보는 연습을 계속해
야 합니다.

책뿐만 아니라 곡을 쓰는 작사가, 작곡가, 싱어송라이터

들도 24시간 메모지, 필기도구를 들고 다닌다고 합니다. 특히 가수이자 프로듀서인 박진영 씨가 자다가 영감이 떠올랐을 때 일어나자마자 바로 가사를 쓰고 메모한다는 사실을 예능 프로에서 이야기했던 적이 있습니다. 최고 전문가도 메모하고 체크하는 습관이 있는데 여러분도 그렇게 해야 하지 않을까 하고 조심스레 말씀드려봅니다.

저 역시나 자기 전 하루 종일 있었던 일들을 머릿속에 떠올려보고 글을 쓰거나 짧게 메모해 둡니다. 다음번에 그 내용을 쓰든 쓰지 않든 혹시나 꿈속에서 느낀 것들이 있다면 일어났을 때 주저 없이 체크해 둡니다.

두 번째, 열정적으로 쓰라. 글쓰기에는 열정이 있어야 합니다. 평균적으로 하나의 글이 A4 용지 1~3페이지까지 갈 수도 있습니다. 저는 초고만 쓴다고 했을 때 책상에 앉아서 노트북을 열고 씁니다. 하나의 글을 평균 2~3시간 정도 감안하고 쓰죠. 사이사이에 분명 안 써질 때도 있습니다. 그러면 잠시 쉬기도 하겠죠. 자료를 찾느라 시간이 더 들 수도 있습니다. 퇴고 역시 여러 번 할 수 있습니다. 그렇게 반복되면서도 지리멸렬한 시간이 계속 이어질 수 있습니다.

그런데 이런 글을 50개도 쓸 수 있습니다. 이 정도 글을 쓴다고 했을 때 웬만한 열정이 없으면 쉽지 않겠죠. 그러니 여러분도 열정적으로 글을 쓰기 위해서 열정을 키우는 나만의 방법들을 꼭 만들어 주시기 바랍니다. 아무리 힘들다고 할지라도 훗날 내 이름이 적혀 있는 책 한 권을 손에 쥔다는 일념 하나로 써 내려간다면 충분히 하실 수 있다고 저는 확신합니다.

세 번째, 정직하게 쓰라. 알몸을 드러내라. 알몸을 드러내라는 뜻은 정직하게 쓰라는 말과 일맥상통합니다. 독자는 수많은 책과 글을 접했을 겁니다. 그러니 솔직하고도 진솔한 이야기를 담아낸 글이 아니라면 독자는 충분히 알 수 있습니다. 요즘 독자는 진실 된 글인지, 아니면 짜집기한 글인지 잘 알기 때문에 진솔하고도 솔직하게 글을 써 내려가는 연습을 해야 합니다.

네 번째, 재미로 쓰라. 자신을 위해서 쓰라. 재밌게 가벼운 마음으로 쓸 수 있어야 해요. 열정과 함께 재미를 갖고 글을 쓸 수 있어야 길고 오랫동안 쓸 수 있겠지요. 세상 모든 일이 그 일에만 너무 몰두하다 보면 번아웃이 오는 것처럼 글쓰기도 너무 아등바등하다 보면 지칠 수 있습니다. 그러니 재미를 찾을 수 있는 요소들과 내가 정말 하고 싶은 이야기를 글감으로 써야 오래 쓸 수 있습니다. 재미있게 쓰기 위한 나만의 방법과 글감을 놓치지 말고 꾸준히 찾아보시기를 바랍니다.

다섯 번째 무조건 쓰라. 이 말이 가장 힘드네요. 분명 무작정 뭘 써야 하는지 모르실 겁니다. 전문가 입장에서 말씀드리고 싶은 점은 저도 무조건 쓴다는 것입니다. 말이 되든 안 되든 글을 써보면 말이 왜 안 되는지에 대한 시각을 키울 수 있기 때문에 분별력이 조금씩 생깁니다. 그래서 습관적으로 하루에 10~20분 계속 써 내려가다 보면 조금씩 발전하는 자신을 만날 수 있습니다.

가족, 연인에게 편지를 써도 좋고 일기를 써도 좋아요. 하지만 무엇보다 솔직하게 써 내려가시기를 당부드립니다. 글의 길이는 상관없습니다. 기본적인 지식을 조금씩 쌓아가면서 무엇을 잘 썼는지 무엇을 잘못 쓰고 있는지 스스로 체크해 나가는 습관을 들이기 바랍니다.

여섯 번째, 다작하라. 모든 것을 이용하라. 다작하라는 말은 무조건 쓰라는 말과 연관이 있을 것 같습니다. 에세이, 자기계발, 인문, 사회, 실용 이러한 분야에 대해서 늘 고민되시죠? 가장 기본적으로는 늘 에세이를 쓰라고 말씀을 드립니다. 하지만 뭐라도 계속 쓰는 연습을 해나감으로써 조금씩 발전하는 자신의 모습을 발견할 수 있습니다.

세계적인 작가 어네스트 헤밍웨이Ernest Hemingway도 자신의 초고는 쓰레기라고 이야기하면서 보는 것도 두려워했다고 합니다. 한 번에 완성된 마스터피스masterpiece를 쓴다는 것은 100퍼센트 불가능하다고 말씀드릴 수 있습니다. 왜냐, 긴 시간 동안 글을 쓰다 보면 처음에는 열정이 있다가 나중에는 지치기 마련입니다. 그러면 뒤쪽으로 갈수록 약간 엉망진창일 수도 있고 뭔가 좀 부족할 수도 있고 잘못 썼을 수도 있고 앞에서는 비문 없이 쓰려고 노력했는데 뒤에서는 비문의 연속일 수도 있습니다. 그리고 우리는 한 권의 책을 만들기 위해 애쓰고 있기 때문에 타인에게 과연 도움이 되는 글을 쓰고 있는지 잘 체크해 나가야 해요.

일곱 번째, 몰입하라. 열정적으로 쓰라는 말과 일맥상통합니다. 그런데 지금 계속 들어보시면 유명한 글쓰기 멘토 진 브라이언트가 이야기한 일곱 가지 법칙이 결국엔 쓰라는 말로 귀결됩니다. 늘 숨을 쉬듯, 직장을 나가듯, 잠을 자듯 습관적으로 쓰는 연습을 하셔야 한다는 거죠. 이렇게 말씀드리는 이유는 글을 쓰는 데는 많은 시간이 걸리기 때문에 효율적으로 자신의 글쓰기 방법을 잘 정돈해두지 않으면 쓰다가 지쳐버릴 수 있습니다. 우리는 단지 A4 한 장만 쓰고 끝나는 게 아니라 한 권의 책을 만들고자 애쓰고 있음을 절대 잊지 마시길 바랍니다.

이제부터 A4 용지 1~1장 반 정도 글쓰기. 그리고 앞에서 정리한 목차에서 주제를 선정하여 글을 쓰셔야 합니다. 목차는 언제든 수정 가능합니다. 책 마감 때까지 고칠 수도 있으니 처음 쓴 목차가 평생 간다고 불안해 하지 않으셔도 됩니다. 더불어 미션이 하나 더 있습니다. 여러분이 지금 예쁜 카페에서 글을 쓰고 있는지 멋있는 서재에서 글을 쓰고 있는지 엉망진창인 내 방에서 글을 쓰고 있는지 너무 궁금합니다. 어디서 글을 쓰고 있는지 내 공간을 한 번 스윽 둘러봐주세요.

하버드생은 왜 글만 쓰나

이번 강의에서는 조금 독특한 소재를 하나 찾아서 여러분과 같이 글쓰기에 대한 이야기를 나누려고 합니다. '하버드대 1학년생들은 왜 글만 쓰나?' 하버드대 입학심사교수협회 상임위원 교수님께서는 이런 이야기를 하셨다고 합니다. 하버드는 논리적으로 생각하는 인재를 양성하기 위해 글쓰기를 가르칩니다. 논리적으로 글을 쓰는 능력은 단순히 학습 효과를 뛰어넘어 능동적이고 논리적인 사고를 지닌 사회인으로서의 덕목을 실현합니다. 생각을 탄생시키는 논리적인 글쓰기 능력은 학문의 내용에 국한되지 않고 사회 전 분야에서 꼭 필요한 과제입니다.

하나 생각을 해볼까요? 빌 게이츠Bill Gates, 스티브 잡스Steve Jobs는 세계적인 회사를 창업하였습니다. 하지만 처음부터 엄청난 돈을 가지고 회사를 설립한 것은 아닙니다. 말 그대로 시작은 미미했지만 끝은 창대한 세계적인 기업을 만든 둘에게는 본인이 가지고 있는 제품을 만드는 지식도 중요하겠지만 초반에 투자를 받기 위해서 많은 작업을 했을 거고요, 많은 글도 썼을 겁니다.

그러한 글들이 단순히 그냥 글쓰기를 통해서 나왔을까요? 제가 지금 하버드 이야기를 하고 있지만 사실은 어떻게 보면 아이비리그 8개 대학 전체에서 공통적으로 사용하는 글쓰기 방식과 법칙이 통일되어 있을지도 모릅니다. 빌 게이츠와 스티브 잡스는 천재적인 능력으로 글을 잘 쓴 게 아니라 오랜 시간 동안 글쓰기 수업을 받고 본인의 글을 논리적으로 써왔기 때문에 투자를 받기 위한 작업과 글쓰기를 효과적으로 잘해낼 수 있지 않았을까 하는 생각이 듭니다.

미국의 대학은 자기소개 에세이를 받는다는 사실을 아시죠? 단지 SAT 성적만으로 대학에 입학하는 것이 아니라 자기소개를 에세이 형식으로 써 내려가는데 어떻게 보면 초등학교 때부터 글을 쓰는 것이 아닌가 하고 생각해 봐야 합니다. 오랜 시간 동안 자신의 생각을 글로 명확히 표현해 나가는 연습을 해놨기 때문에 대학 입학을 위한 에세이를 쓰고 대학에 입학해서 계속 글을 쓰고 졸업할 때까지 글을 쓰고 글쓰기의 모든 과정을 완벽하게 마스터한 다음, 창업인으로서 자신이 해야 할 글쓰기를 마음껏 펼치고 투자를 받고 세계적인 기업을 꾸려나가고… 이렇게 보면 글쓰기도 프로세스가 있는 것 같습니다.

하버드 글쓰기에 대해 알아보기 전에 하버드생들은 글을 어떻게 써왔는지에 대해 조금 더 구체적으로 이야기 나누어보고자 합니다. 하버드 신학대학원에서 글쓰기를 가르쳐온 바버라 베이그Barbara Baig 교수는 글을 잘 쓰는 데 필요한 기술을 배우거나 일련의 과정을 연습하지 않은 채로 글을 쓰면 아무런 훈련이나 준비도 없이 실전 야구 경기에 나가고 콘서트에 임하는 선수나 음악가와 똑같다, 라는 말을 하였습니다. 하버드생들처럼 어떻게 보면 미국 아이비리그 8개 대학을 다니는 수많은 대학생 이야기일 수도 있습니다.

그들은 매일 정해진 시간에 정해진 장소에서 정해진 분량의 글을 씁니다. 하나의 주제를 정해 1,500자 내외 분량으로 에세이를 씁니다. 그들은 이렇게 글쓰기 연습을 합니다. 동료에게 보여주거나 글쓰기 수업에 참여하여 피드백을 받고 고쳐쓰기를 게을리하지 않아요.

저도 역시 글쓰기 강사로 활동하고 있지만 다른 분들의 글쓰기 수업에 제 사비를 들여서 자주 참여하곤 합니다. 왜냐, 제가 놓치고 있거나 제가 맞다고 생각했지만 틀렸을 수도 있는 그런 글쓰기 방법이 있지 않았을까? 저는 노하우라고 생각했지만 다른 분은 잘못 쓰고 있다고 생각하는 것이 있지 않았을까 하는 배움 때문에 글쓰기 수업에 참여하고 있습니다.

그리고 그분들의 글쓰기 노하우를 저의 방법과 접목시켜 조금 더 좋은 방법으로 확장해 여러분에게 말씀드리고 싶어요. 효율적인 글쓰기를 꿈꾸는 거죠. 최소 6개월에 한 번씩은 온라인 또는 오프라인 글쓰기 수업에 참여하고 많은 글쓰기 관련 책들을 읽고 있기 때문에 제가 굳이 하버드생은 아니지만 저 역시 이렇게 하고 있다는 것을 말씀드리면서 이렇게 꾸준히 하는 것들이 상당히 중요하다는 점을 다시 한번 강조하고 싶습니다. 그리고 재밌는 사실이 하나 있어요. 하버드생들이 졸업할 때까지 쓰는 글의 양이 무려 종이 무게 50킬로그램이라고 합니다.

하버드뿐만 아니라 예일, 펜실베이니아, 프린스턴, 컬럼비아, 브라운, 다트머스, 코넬 8개 대학을 아이비리그라 하는데요. 아이비리그 입학생들은 자기소개 에세이를 어떻게 준비하는지 총 12개 법칙에 대해 이야기 나눠보도록 하겠습니다. 첫 번째, 전략적으로 생각하라. 자신의 창의적인 재능을 강조하고 중요한 외부 활동이나 취미 등을 잘 이야기해야 합니다. 말 그대로 평범한 나를 특별하게 보이게 해야 한다는 거죠. 나의 성격이나 인격을 형성한 여러 가지 사건에 대해 이야기하는 것이 좋습니다. 지극히 평범하다고 생각하는 나에게서 특별한 얘기들을 계속 끄집어내는 거죠. 전략적으로 생각하라는 이야기는 바로 이 이야기입니다.

두 번째, 과거를 회상하라. 단순하게 과거에 있었던 일들을 나열하는 것이 아니라 경험했던 일들에 대해서 특별한 의미가 있는지를 찾아보는 겁니다. 평범하다고 생각하는 이야기를 특별하게 만들어 가는 과정을 고민해야 한다는 거죠. 자신이 어떻게 무엇을 통해서 변화되어 지금의 내가 되었는지 잘 찾아낼 수 있어야 합니다. 세 번째, 일찍 시작하라. 에세이에 대해서 초안을 작성하고 수정하고 또 수정하고 이렇게 하려면 일찍 시작해서 그 에세이에 대해 충분히 생각하고 고민할 수 있어야 합니다. 결국 초고보다는 퇴고하는 과정이 중요하다는 의미이죠.

네 번째, 지인들에게 공유하라. 나만 읽고 끝내고 나만 맞다고 생각하고 나만 틀렸다고 생각하는 것이 아니라 여러 사람과 함께 공유하면서 어떤 표현이 좋았는지 어떤 문장이 더 설득력이 있고 가치가 있는지 이러한 이야기들을 나누면서 조금 더 발전해 나간다는 겁니다. 어떻게 보면 스터디와 연관을 지어서 생각할 수 있겠네요. 다섯 번째, 진부한 내용은 피하라. 상투적인 표현은 빼버리세요. 글자 수를 맞추기 위해서 상투적인 표현을 쓰는 것보다 차라리 쓰지 않는 것이 나을 수 있습니다. 남들이 봤을 때 더없이 진부하고 너무 뻔한 얘기를 하기보다는 내 안에서 조금 더 독창적인 얘기를 찾아보는 거죠. 평범한 이야기를 독창적으로 만드는 것도 필요하지만 독창적이라고 생각할 수 있는 이야기를 더욱 더 독창적으로 만들 수 있어야 합니다. 아이비리그에 지원하는 학생들은 기억에 남을 만한 이야기를 확장시켜서 심플하고 단순한 이야기를 독창적으로 만들고 독창적이라고 생각하는 이야기를 더 독창적으로 만들어서 자기소개 에세이를 더욱 풍성하게 만들고자 준비한다고 합니다. 이번 강의에서는 하버드생들의 글쓰기와 하버드뿐만 아니라 아이비리그에 입학하고자 하는 예비대학생들이 어떻게 자기소개 에세이를 쓰는지에 대해 이야기 나누었고 그중 다섯 개 법칙에 대한 이야기를 간략하게 소개해 드렸습니다. 다음 시간에는 남은 일곱 개 법칙에 대해 말씀드리겠습니다.

오늘의 미션

목차에서 소주제를 하나 찾아서 A4 용지 1~1장 반 정도 쓰시고 여러분의 친구, 가족, 동료에게 공유하기. 그들이 어떤 반응과 어떤 리뷰를 해주는지 잘 정리해 두세요.

하버드생의 특별한 글쓰기 법칙

지난 시간에는 하버드뿐만 아니라 아이비리그 입학생들이 어떻게 에세이를 준비하는지에 대해 알려드렸습니다. 열두 가지 법칙 중 다섯 가지 법칙을 알려드렸지요. 이제 추가로 일곱 가지 법칙에 대해 이야기해 드리겠습니다.

여섯 번째, 함부로 사용하지 마라. 이 부분은 제가 제일 걱정하는 부분입니다. 공감을 받지 못하는 너무 특별한 방법으로 글을 쓰거나 특별한 이야기를 더 특별하게 만들려 하다 보면 아무도 모르는 이야기를 나만 신나서 쓰게 되는 오류를 범할 수 있습니다. 꿈을 꿨던 이야기를 쓸 때도 공감되게 써야 독자도 이해할 수 있는데 너무 4차원 이야기를 하거나 저 멀리 안드로메다까지 갔다 온 이야기를 한다면 'SF인가? 초현실주의 이야기인가?' 이렇게 독자는 고민하기 시작합니다.

결국 무슨 이야기인지 알 수 없어 읽다가 도중에 얼른 멈춰버리는 문제가 생길 수 있습니다. 그러니 너무 독창적인 이야기는 하지 않는 것이 좋습니다. 아이비리그 입학생들은 에세이를 쓸 때 너무 독특한 이야기는 쓰지 않는다는 것을 여러분도 인지해 주시기를 바랍니다.

일곱 번째, 의미를 제대로 아는 단어만 사용하라. 앞에서 내용을 특별하게 쓰지 말라고 했는데 단어 역시 줄임말을 잘못 쓰면 독자는 이해하지 못하는 상황이 생깁니다. 하지만 특별한 상황에서는 써야 할 수도 있지요. 예를 들어, 세대 이야기를 하다가 '이런 단어는 이렇게 쓰입니다'라고 쓰려고 할 때 줄이기 전 단어도 쓰셔야 해요. 당연히 알겠지 싶어서 줄인 단어만 쓰면 그 단어를 잘 모르는 독자는 이해하지 못하고 글을 읽지 않게 되는 문제가 생깁니다.

앞에서도 계속 말씀드렸다시피 '작가는 힘들게 써야 독자는 쉽게 읽는다'라는 점을 잊지 마시기 바랍니다. 그 이야기는 여기서도 일맥상통한다고 말씀드립니다.

여덟 번째, 글의 기본 취지에 집중하라. 처음부터 끝까지 써야 하는 이야기를 정확하게 쓰셔야 한다는 거죠. 더 쉽게 말하면 처음에는 열정을 가지고 몰입해서 쓰다가 시간이 지나면 지칠 수도 있다고 말씀드렸죠?

근데 지쳐서 삼천포로 빠지는 이야기를 쓰면 처음에 썼던 내용과 마지막에 썼던 내용이 다를 수 있기 때문에 글의 기본 취지를 잘 이해하고 체크하면서 쓸 수 있어야 합니다. 너무 장대한 내용은 쓰다가 더욱 더 삼천포로 빠지는 잘못된 길로 갈 수 있기 때문에 역시나 명확하고 정확하게 쓸 수 있어야 합니다.

아홉 번째, 시작에서 강한 인상을 주어라. 자기소개 에세이를 쓰는 아이비리그 예비 대학생들도 시작에서 강한 인상을 주기 위해 많은 노력을 합니다. 입학을 담당하는 분들께서 에세이를 한 편만 읽는 것은 아닐 겁니다. 수천 편의 글을 읽는데 앞이 재미없으면 뒤로 넘어가기 힘듭니다. 이 부분은 제가 앞에서도 계속 말씀드렸던 이야기인데 '기승전결'이 아니라 '결기승전(결)'으로 쓸 수 있어야 합니다. 뒤쪽에서 조금 더 강조한다고 하더라도 앞이 재밌게 쓸 수 있어야 한다고 말씀드리고 싶어요.

열 번째, 결론에 집중하라. 도입부와 내용만 좋다고 사실 잘 쓴 글이라고 할 수 없습니다. 처음에 주목할 만한 내용을 써야 한다는 것은 너무나 중요하지만 마무리도 잘해야겠죠. 세상 모든 일은 시작도 중요하지만 끝도 중요하긴 합니다. 물론 글쓰기에서는 시작이 좀 더 중요하다고 계속 말씀드리고는 있지만 마무리도 깔끔하게 잘 정리해야 한 편의 글을 완성할 수 있기 때문에 결론도 잘 마무리할 수 있어야 합니다.

열한 번째, 너무 진지해지지 마라. 너무 진지한 글은 읽다 보면 지칩니다. 그래서 적당히 위트가 있고 유머가 담겨 있어야 독자가 지치지 않습니다. 읽을 때도 리듬감 및 완급이 필요합니다. 재밌는 이야기를 썼다가 조금 덜 재밌는 이야기도 썼다가처럼 파도를 그리듯이 사이사이에 잘 배치할 수 있는 그런 스킬, 노하우도 잊지 마시기 바랍니다.

열두 번째, 철저하게 교정하라. 글은 무조건 퇴고의 과정이 중요합니다. 열두 번째 법칙이 앞에서 말한 열한 가지 법칙들과 맞먹을 정도입니다. 원고를 쓰는 데 드는 시간만큼 교정하는 데 투자하십시오. 철자, 어휘, 문맥, 주제에 벗어나지 않았는지 잘 확인하서서 퇴고하는 과정을 잊지 마시기 바랍니다.

오늘의 미션

지금까지 썼던 글을 퇴고하기

글쓰기 영감 찾느라
새벽 3시에 기상하기

여러분과 본격적으로 글을 쓰는 것에 대해 이야기 나눠 보도록 하겠습니다. 지난 시간까지 목차도 쓰고 글감도 찾았습니다. 글감은 3단계 과정을 통해 찾아보았습니다. 제가 평균적으로 4장, 6장, 8장 이렇게 짝수로 목차를 짜면 좋다고 말씀을 드리긴 했는데요. 홀수로 하셔도 상관은 없습니다. 앞에서는 짝수로 목차를 만들었습니다.

글감은 어떻게 찾냐면 경험했던 이야기에서 찾을 수도 있고 책, TV, 라디오를 통해서 다양한 방식으로 쓰고자 하는 이야기를 준비할 수 있습니다. 글감을 나만의 글감 찾기 공책에 적어놓았다 하더라도 글을 쓰기 위해 컴퓨터를 컨다면 화면은 백지 상태일 겁니다. 백지 공포증이 올 수도 있을 텐데 이제부터 저와 함께 차근차근 뭐라도 써나가는 시간을 가져

보도록 하겠습니다.

이번 강의 제목은 '글쓰기 영감 찾느라 새벽 3시에 기상하기'입니다. 그 이유는 새벽 3시 이야기가 가장 인상적일 거라⑦ 생각해 제목으로 선정하였습니다. 이것이 무엇을 의미하는지 뒤에서 계속 이야기하도록 하겠습니다.

이제 유명 작가들이 어떻게 글을 썼는지, 글쓰기가 얼마나 힘들었는지, 글을 쓰고자 얼마나 고군분투했는지 여러 가지 예시를 통해 말씀드리고자 하는데요. 28개 언어, 47개국 번역, 8억 부 이상 팔린 세계적인 베스트셀러 작가 다니엘 스틸Danielle Steel은 이렇게 말했습니다. '새벽 3시에 찾아오는 영감을 기다리지 마라.' 이게 무슨 말일까요? 새벽 3시 모두가 잠들어 있는 그 시간에 특별한 영감이 찾아온다는 것은 아니라는 거죠. 즉 일상생활에서 24시간 글감은 찾아올 수 있습니다. 여러분이 잘 아시는 영화 〈트와일라잇Twilight〉 시리즈의 스테프니 메이어Stephenie Meyer 작가는 자는 동안 뱀파이어와 늑대인간 이야기에 대한 꿈을 꾸었다고 합니다. 그 이야기를 얼른 일어나서 적다 보니 시리즈가 만들어졌다고 말합니다.

특별히 뭔가 찾기 위해서 애를 쓰는 그런 부분들도 물론 중요하겠죠. 영감을 얻기 위해 책도 읽고 미술관, 공연장, 영화관도 가야 하지만 중요한 것은 일상에서 글감이라고 생각하는 영감이 떠올랐다면 주저 없이 그 부분에 대해 체크하고 메모해 놓는 습관이 더 중요해서 다니엘 스틸 작가는 새벽 3시에 찾아오는 영감을 기다리지 마라고 하였습니다.

다니엘 스틸 작가는 글을 쓰기 위해 마음을 다잡고 그냥 글을 써내려 갔습니다. 아침 9시가 되면 직장인들처럼 펜과 공책을 들고 책상에 앉아서 무엇이라도 쓰려고 했습니다. 여러분도 사실 학생이라면 등교하고, 직장인이라면 출근하고 나서 일하거나 공부하기 위해 애쓸 겁니다. 그렇게 스스로를 예열시키고 난 다음 본격적으로 뭔가를 하기 위해서 노력하시겠죠?

글도 마찬가지입니다. 글쓰기라고 해서 특별한 건 아닙니다. 여러분의 일상처럼 준비하고 과정을 거친 다음 결과물을 내놓는 것이기 때문에 글쓰기 자체를 많이 두려워하지 마시길 요청드리는 마음에 첫 번째로 유명한 다니엘 스틸 작가의 이야기를 해드렸습니다.

두 번째 이야기로 넘어가 보도록 하겠습니다. '이야기는 시베리아 변방에 있는 것이 아니다. 작가에게 딱 들어맞는 경험이란 없다. 작가가 되기 위해 로데오 경기에 나가거나 황소와 싸울 필요는 없다.' 무슨 말일까요? 역시나 일맥상통하는 이야기입니다. 특별한 영감을 찾거나 글감을 찾기 위해 특별한 곳을 찾으려고 억지로 노력하거나 특별한 것을 찾기 위해서 목숨을 내놓을지도 모르는 로데오 경기 같은 것을 굳이 할 필요가 없다는 거죠.

작가는 일상적인 이야기를 특별하게 만드는 사람입니다.

일상적인 이야기를 얼마나 특별하게 만들 수 있는지에 따라 좋은 작가가 될 수 있고 위대한 작가가 될 수 있는 것입니다. 아주 심플한 이야기, 너무나 뻔한 이야기, 아무도 관심 가져주지 않을 것 같은 이야기를 특별하게 만드는 힘, 그 힘을 함께 길러나가기 위해 제가 여기서 여러분에게 채찍질도 하고 당근도 드리는 것이라 생각합니다.

두 번째로 말씀드린 그 이야기는 미국의 소설가이자 각본가인 토머스 맥구안Thomas McGuane이라는 작가의 이야기입니다. 젊은 작가들, 혹은 초보 작가들에게 자신의 삶에 엄청난 경험들이 많이 있다는 사실을 설득시키는 것이 그는 너무나 힘들었다고 합니다. 왜냐하면 젊은 작가들일수록 더욱 더 대단한 이야기를 써야겠다는 욕심이 많기 때문에 그런 욕심이 반드시 중요한 것이 아니라고 설득하는 것이 많이 힘들었다고 본인이 스스로 이야기한 적이 있습니다.

'작가는 글을 잘 쓰고 말하고자 하는 바를 잘 이해하면 될 뿐이다'라고 말했지요. 글을 쓸 때는 구체적으로 머릿속에 상황이 그려지는지 체크해 보셔야 합니다. 에세이, 자기계발, 인문, 시, 소설 다 공통적으로 해당하는 말이라고 생각합니다. 여러분이 쓴 글을 머릿속에 가만히 그려보십시오. 내가 쓴 글이 머릿속에 잘 들어오는지, 그런 것들에 대해서 묘사하고 설명하는 것이 더욱 더 중요하지 않을까 생각합니다. 아주 대단한 이야기, 아주 위대한 이야기, 아주 특별한 이야기는 일생에 한 번 경험할까 말까 합니다. 그리고 이미 여러분의 경험이 위대한 경험이었을 수도 있고 특별한 경험이었을 수도 있고 아주 독특한 경험이었을 수도 있습니다. 여러분이 느끼지 못하고 있을 뿐인지도 모릅니다. 그래서 토머스 맥구안 작가가 이야기한 이 부분을 반드시 가슴속에 새겨 두시기 바랍니다.

다음으로는 탐정 소설가 알파벳 시리즈를 쓴 수 그래프턴Sue Grafton 작가가 한 이야기입니다. '모든 글쓰기는 독학이다. 글을 충분히 쓰다 보면 좋은 문장과 설익은 문장을 구별할 수 있는 힘이 생긴다'고 합니다. 단편 소설을 25편만 써보면 잘 되는 소설과 안 되는 소설의 차이점을 알아낼 수 있다고도 했지요.

이게 무슨 말일까요? 25편이라는 말은 계속 쓰다 보면 나도 모르게 이 글이 좋은 글인지 아니면 아쉬운 글인지 그에 대한 눈이 생긴다는 거죠. 예를 들면 여러분께서 연애편지를 쓰실 때 설레는 마음으로 편지를 쓰실 겁니다. 그런데 보통 연애편지는 아침에 쓰지 않고 밤 10~12시 하늘에는 별이 총총 떠 있고 보름달도 떠 있고 내 방에서 창문을 내다보니 예쁜 불빛들도 막 들어오고 이런 감성이 충만한 찰나에 쓸 겁니다.

너무 잘 써져서 2~3장 넘게 써보신 경험들도 있을 겁니다. 그 글을 다음날 일어나서 보신 적 있나요? 밤새 내가 말도

안 되고 오글거리는 글을 어떻게 썼을까 하는 생각이 드실 거예요. 왜냐하면 글을 쓰고 나서 글을 보는 눈이 생긴 겁니다. 글을 써봐야 이 글을 잘 썼는지 잘 못 썼는지에 대해서 눈이 생기고 고치게 되고 아쉬운 게 있으면 또 고치게 되는 반복 사이에 내가 글을 쓰는 스킬, 노하우, 방법 등이 향상되어 간다는 것을 잊으시면 안 됩니다.

그래프턴 작가는 25편이라 이야기했지만 생각해 보면 하나의 이야기를 25번 고쳐 쓴 것과 다름없다고 생각합니다. 그렇게 글을 써나가면서 실력을 늘려가실 수 있을 겁니다.

글쓰기는 혼자 하는 일입니다. 내가 글을 쓰는데 누가 옆에서 계속 도와줄 수 있겠지만 처음부터 끝까지 다 봐줄 수는 없습니다. 글쓰기란 지극히 외로운 작업일지 모릅니다. 내 생각을 내가 써 내려가는 것이기 때문입니다.

오늘의 미션

여러분의 24시간 중 가장 특별하다고 생각한 시간에 무슨 일이 있었는지 생각해 보고 그 내용을 A4 1에1장 반 정도 써봅니다.

계속되는 폭풍우는 없다

지난 시간에 이어 계속해서 글쓰기 영감을 찾느라 새벽 3시에 일어나지 마라는 이야기를 하겠습니다. 지난 시간까지 총 3가지 이야기를 말씀드렸습니다. 이제 네 번째 이야기 차례입니다. 몸의 말에 귀를 기울여라. 이는 뉴베리 상과 로라 잉걸스 와일더 상을 수상한 세계적인 베스트셀러 작가 엘리자베스 조지Elizabeth George의 이야기입니다.

몸의 말에 귀를 기울여라. 이게 무슨 말일까요? 무서울 때나 기뻐서 흥분된 상태였을 때나 몸의 경험을 그대로 글로 표현하라는 것입니다. 저는 매번 이렇게 강의하는 게 너무 즐겁습니다. 그런데 즐겁다는 생각을 단순히 '나는 강의에 참여해서 즐겁다' 이렇게만 쓸 순 없잖아요. 어떻게 쓰냐면 강의를 하기 위해서 이 장소에 오기까지 집에서 준비한 이야기,

교통수단을 이용해서 이동한 이야기, 사이사이에 많은 이야기들이 있었을 겁니다.

그런데 그 이야기가 너무 길면 앞에서 쓸데없는 이야기가 길어질 수밖에 없다고 느껴지겠죠? 왜냐하면 지금 강의를 하고 있어서 기쁘다는 이야기가 핵심적인 내용이기 때문입니다. 기쁘다는 표현도 수식어구들을 잘 사용하여 나는 너무 기쁘다, 라는 표현보다 나는 하늘을 날아갈 듯이 기쁘다, 나는 뛸 듯이 기쁘다 이렇게 수식어구들을 잘 이용하여 앞뒤 문장들을 잘 설명해 나간다면 하나의 글을 만드는 글감이 되고 나의 몸이 말하는 이야기를 그대로 쓸 수 있습니다.

간단하게 말씀드렸지만 너무나 중요합니다. 몸의 경험을 글로 만드는 방법을 익혀야 합니다. 이야기의 진실을 실제로 느껴야 영혼이 솟구쳐 올라 원하는 글을 쓸 수 있다는 겁니다. 눈을 감았을 때 기쁜데 얼마나 기쁜지 머릿속에 그려지고 정확하게 쓸 수 있어야 좋은 글이 된다는 거죠. 어떻게 보면 글을 쓴다는 것은 하나의 짧은 이야기를 크게 확장해 나가고 수식어구를 써서 연장해 나가는 게 아닐까 싶습니다.

조지 작가가 이야기한 몸의 말에 귀를 기울여라. 이 말을 꼭 명심해 주시기 바랍니다.

지금 제가 말씀드리고자 하는 다섯 번째 이야기가 가장 어렵게 느껴지지 않을까 싶은데요. 아서 클라크Arthur Charles Clarke, 아이작 아시모프Isaac Asimov 이 두 분과 함께 SF 문학의

거장으로 알려진 레이 브래드버리Ray Douglas Bradbury 작가는 이런 이야기를 하였습니다. '계속되는 폭풍우는 없다. 엄청난 양의 거절 편지들을 견디며 단편 소설을 무려 1,000편이나 썼다'고합니다. 40대 후반에야 겨우 단편 소설집을 출간할 수 있었다고 하는데요. 그래서 그는 결국 이렇게 말했다고 합니다. '계속되는 폭풍우는 없다.' 이 말은 무슨 말일까요? 여러분의 글쓰기 인생에 결코 실패는 없을 것입니다. 세계적인 작가들도 거절당하며 1,000편 이상의 단편 소설을 썼고 세계적인 소설을 쓴 조앤 롤링 역시 모든 출판사에서 거절당했지만 계속해서 글을 쓰고 평범하다고 생각한 주제도 특별하게 만들어 가며 나만의 글쓰기 유니버스를 만들었기에 폭풍우를 뚫고 결국 밝은 햇빛 아래서 따사로움을 느낄 수 있었던 것이 아닐까 싶습니다.

글쓰기는 쉬운 일이 아니지만 여러분도 할 수 있다고 말씀드리고 싶어요. 왜냐, 이분들도 다 하셨고 저도 하고 있고 여러분 중에서도 저보다 훨씬 더 뛰어난 글을 쓰실 수 있는 분이 계시다는 것을 저는 믿어 의심치 않고 저보다 더 유명한 작품을 많이 써내실 수 있다는 것도 분명히 알고 있습니다.

세계적인 작가들 역시 글을 쓸 때 마법처럼 뚝딱 써내는 것은 절대로 아닙니다. 책상 앞에 몇 시간 동안 앉아서 모니터만 뚫어져라 쳐다본 경험은 누구에게나 있습니다. 그것을 글 쓰는 사람들끼리는 백지 공포증이라고 웃으면서 이야기하는데요. 이때 스스로를 다그치는 경우가 많습니다. 도무지 문장이 떠오르지 않아 절망하면서 글쓰기에 재능이 없는 것은 아닐까 자책에 빠져들기도 합니다.

그런데 생각해 보면 우리의 인생이나 글쓰기나 크게 다르지 않습니다. 우리의 삶도 스스로에 대해서 자책하기도 하고 실망할 때도 있기 때문에 글쓰기도 그냥 삶의 작은 축소판이자 삶의 또 다른 모습 정도로 여유 있게 받아들이신다면 잘 써 내려갈 수 있는 힘을 얻을 수 있을 것입니다.

글쓰기가 쉽게 되지 않는다고 지레 겁먹지 마세요. 글쓰기 달인들도 첫 문장 쓰기가 너무나 두려웠다는 사실을 잊지 마시기 바랍니다. 첫 문장은 중요합니다. 첫 문장이 와닿아야 그다음 문장을 읽을 수 있는 힘이 있기 때문입니다.

바로 기본 중의 기본, 꾸준히 하루에 1~2문장이라도 써 나가야 합니다.

오늘의 미션

목차는 책을 마감할 때까지 매번 수정하셔도 괜찮습니다. 목차에서 하나의 주제를 골라 A4 1~1장 반 쓰기

쓰는 만큼 이루어진다

이번 시간에는 '쓰는 만큼 이루어진다'라는 제목으로 이야기 나눕니다. 블로그, 페이스북, 인스타그램, 심지어 브런치까지 글을 쓸 수 있는 공간에 여러분이 계속 글을 쓰고 계신지도 모릅니다. 과제, 자기소개서, 이력서, 보고서 등을 쓰며 매일매일 글쓰기를 하고 있기도 합니다. 어떻게든지 현대인들은 조금이라도 글을 쓸 수밖에 없습니다. 이처럼 여러분도 모르게 글을 쓰고 계시는데 왜 이렇게 글 쓰는 게 힘들까요? 일상에서 글은 계속 쓰고 있는데 글을 써야 한다고 마음먹으면 왜 잘 안 되는 거죠? 심지어 내 글을 보고 누가 이렇게 이야기할 수도 있습니다. "도대체 뭘 쓴 거예요? 당최 무슨 말인지 모르겠어요." 이런 이야기 들어본 분들 많을 겁니다.

이렇게 평가받기 전에 글쓰기 습관을 익혀서 실력을 조

금씩 조금씩 쌓아가야 합니다. 글쓰기 습관을 들이는 방법과 구체적으로 글을 쓰는 것은 무엇일까요? 쉽고 재미있게 구체적으로 글을 쓴다는 것은 어떤 것일까요?

첫 번째, 새로운 시각을 가지라고 말씀드리고 싶어요. 사람이든 사물이든 여행지든 자연의 어느 일부분이든 무엇을 바라보건 조금 더 작가의 시선으로 바라보아야 합니다. 즉 조금 더 창의적이고 일상적인 것들을 특별하게 만들 수 있다는 믿음하에서 갖는 시선을 통해 글을 써 내려가라고 말씀드릴게요.

독일의 철학자 니콜라이 하르트만Nicolai Hartmann은 천재독창성이란 본질적으로 보는 방식에 따라 나타난다고 하였습니다. 즉 평범한 것을 어떻게 특별하게 볼 수 있는지 그 시간을 통해서 만들어진다고 말씀드리고 싶네요.

여기 볼펜 하나를 가지고 글을 쓰고 한 권의 책으로 만드는 분이 계십니다. 펜에 대해 에세이뿐만 아니라 인문책을 쓰시는 작가도 있죠. 일상에서 쉽게 만날 수 있는 펜이라는 소재를 특별하게 보는지에 따라서 하나의 짧은 글이 될 수도 있고 300페이지가 넘는 엄청난 분량의 글이 될 수도 있습니다. 사물을 특별하게 보는 시각이 중요하다는 것을 말씀드리려고 새로운 시각을 가지라고 말씀드려요.

늘 가까이에 있던 것을 오랫동안 관심 있게 지켜보는 습관이 중요한데요. 이런 습관을 들이려면 사실 책을 또 많이 읽어야 합니다. 한 권의 책에는 독특한 시각을 가지고 있는 이야기들이 담겨 있기 때문에 그러한 이야기들이 나에게 콘텐츠로 쌓이면 펜 하나를 보는 시각도 조금은 달라질 수 있다는 점을 말씀드리고 싶습니다. 이창동 감독의 영화 〈시〉에서 문화센터 강사로 출연한 김용택 시인이 한 말이 있습니다. "살면서 몇 번이나 사과를 봤습니까? 수천 번? 수만 번이요? 아닙니다. 우리는 한 번도 사과를 제대로 본 적이 없습니다. 사과를 오랫동안 지켜보고 무슨 말을 하나 귀 기울여 보고 주변에 깃드는 빛도 헤아려보고 그러다 한 입 깨물어보기도 했어야 진짜 본 것입니다."

이런 에피소드를 들은 적이 있습니다. 어느 노부부가 미국의 카네기홀에 가려고 했다고 합니다. 그런데 지나가다가 카네기홀 쪽으로 가는 음악가를 만났다고 합니다. 그분에게 노부부가 물었습니다. 어떻게 하면 카네기홀로 갈 수 있나요? 그랬더니 그 음악가가 이야기했습니다. 연습을 열심히 하시면 됩니다.

이게 무슨 말일까요? 노부부는 말 그대로 방향을 이야기했는데 음악가는 카네기홀에 입성해서 연주를 어떻게 할 수 있느냐 이것에 대해서 물었다고 생각하고 그렇게 대답했다고 합니다.

동문서답을 이야기하고자 하는 것이 아니라 내가 받아들인 질문을 또 다른 시각으로 어떻게 받아들일 수 있는지를 말씀드리고자 에피소드를 알려드렸습니다. 쉽고 재미있게 구체적으로 글을 쓰려면 첫 번째 새로운 시각을 가져라. 두 번째 어휘력을 늘려라. 어휘력 이야기를 하자면 많은 분들이 두려워합니다. 저도 글을 쓸 때마다 어떤 단어를 적재적소에 써야 할지 두려울 때가 많습니다. 사실 다양한 어휘를 사용하는 것만으로도 충분히 세련된 문장을 만들 수 있으니까요. 어휘력이 쌓여야 수식어도 세련되게 느껴지고 주어와 서술어의 관계도 명확하게 느껴집니다. 같은 단어라 할지라도 조금씩 뉘앙스가 다르기 때문에 다른 느낌이 들 수밖에 없습니다. 그러니 어휘력을 늘리라고 말씀드리고 싶습니다. 무엇보다 특별한 의도가 있지 않은 이상, 한 문장에 똑같은 단어를 절대 여러 번 쓰시면 안 됩니다. 그리고 글을 쓸 때 똑같은 단어가 가능한 앞뒤에 들어가지 않게 써야 합니다. 왜냐, 문장이 지루해집니다. 쉽게 생각하면 똑같은 말을 계속하면 지루해진다는 것이지요. 더불어 어휘 부족의 문제로 다른 명사를 쓰지 못하고 '무엇 무엇 하는 것' 이렇게 계속 쓰면 아쉬울 수밖에 없어요. 다양하게 써야 합니다. 무엇 무엇 하는 것보다 무엇 무엇 하다, 무엇 무엇 할까? 무엇 무엇 하나요? 무엇 무엇 했네요. 이렇게 다양하게 사용하면 문장 하나도 상당히 신경을 많이 쓴 글이구나 하는 것들을 독자들은 귀신같이 느낍니다.

　독자는 능동적인 의지를 통해 책을 산 것이기 때문에 무언가는 배워야겠다, 라는 마음을 갖고서 책을 읽을 수밖에 없어요. 서점까지 직접 가서 책을 읽어보고 목차, 프롤로그, 표지, 작가를 파악하고 돈을 지불하였기 때문에 무언가를 배우고 재미를 느끼려 하는 것은 당연합니다.

그러니 문장 하나도 좋은 어휘력을 가지고 아주 세심하고 다양하게 쓸 수 있어야 초보 작가로 계속 남지 않는다고 말씀드리고 싶습니다. 스티븐 킹Stephen Edwin King은 이렇게 말했습니다. '글을 잘 쓰려면 연장을 골고루 갖추는 게 중요하다. 이는 분명 다양한 어휘를 통해서 문장을 매력적으로 쓸 수 있어야 한다.' 평소 잘 쓰지 않는 어휘를 써야 한다는 고정관념이 또 생길 수도 있고 강박이 생길 수도 있습니다. 하지만 억지로 꾸며서 어색하게 쓰지 않고 자연스럽고 편안하게 쓰는 게 중요하다고 말씀드리고 싶어요.

오늘의 미션 A4 용지 1~1장 반의 글을 쓸 때 예쁜 순우리말 단어 다섯 개를 찾아서 글 안에 녹여주세요.

전 ●

한국인인데
맞춤법이
틀린다고요

굿바이, 비문 파티

지난 시간에 이어서 쉽고 재미있게, 그리고 구체적으로 글을 쓰는 법에 대해 이야기 나눠보도록 하겠습니다. 지난 시간에 구체적으로 글 쓰는 법의 첫 번째와 두 번째에 대해 말씀드렸습니다. 세 번째, '문법을 제대로 익혀라'입니다. 글쓰기를 좋아해서 다양한 플랫폼에 글을 올렸다는 사실만으로 내가 글쓰기를 잘하고 있구나, 라고 생각할 수 있습니다. 물론 잘 쓰고 있는 게 맞습니다. 그리고 쓰고 있지 않더라도 지금부터라도 쓰면 됩니다. 글을 쓰고 있다는 것만으로 충분히 잘하고 있다고 말씀드리고 싶은데 과연 글을 잘 쓰고 있다고 이야기할 수 있을지에 대해서는 조금 더 고민해보아야 합니다.

글을 쓰다 보면 초보 작가들이 이런 실수를 많이 합니다. 바로 비문입니다. 말 그대로 문법에 맞지 않게 글을 쓰는 경우가 많다는 것이지요. 글을 짧고 간결하게 써야 비문이 생길 확률이 낮아집니다. 주어와 서술어의 연결 길이가 짧으면 당연히 바로 체크가 되겠죠?

예를 들면 '나는 집에 간다'라는 문장은 짧아서 바로 연결이 되고 체크가 됩니다. 그런데 나는 집에 가는데 그중에 무언가 상황이 생겨 문장이 계속 늘어나면 처음에 시작한 주어와 마지막에 끝난 서술어가 연결이 되는지 체크하기가 힘들어집니다. 그래서 글을 쓸 때는 짧고 간결하게 써서야 합니다.

글을 쓰는 것과 글을 읽는 것은 비문이 없어야 호흡하듯이 쓰고 읽어 나갈 수 있습니다. 주어, 목적어, 보어, 서술어의 연결이 자연스러운지 늘 문장을 점검해야 하고 생략해도 되는 어휘는 과감하게 생략해야 합니다. 그래야 머릿속에도 명쾌하게 남습니다.

글이 간결하게 멈추어야 독자들도 같이 숨을 쉬는 구간이 생기고 반대로 글이 끊어지지지 않는다면 읽을 때 호흡도 힘들어집니다. 학창 시절 읽기 연습을 할 때 문장을 사선으로 끊어서 읽기 연습한 거 기억나시죠? 그렇기 때문에 글을 쓸 때에 끊어서 쓰는 연습을 해야 합니다. 그것이 습관처럼 몸에 베어 있어야 한다는 거죠.

가능한 하나의 문장은 두 줄을 넘지 않도록 체크해 주시는 게 좋습니다. 초등학교 때 일기를 써서 많이 제출하셨을 텐데요. 선생님들은 '나는'이라는 표현을 쓰지 말라고 많이들 이야기하셨을 겁니다. 문장에 '나는'이라는 표현을 계속해서 넣으면 문장이 길어지기 쉽습니다. 일기는 당연히 내가 쓰는 것이기 때문에 생략해도 좋습니다. 이렇게 '나는'이란 표현은 에세이를 쓸 때 많이 쓰곤 합니다. 여기서도 역시 생략이 가능하기 때문에 생략하고 그 자리는 비우거나 접속사를 채워 넣는 게 좋습니다.

예를 들면 '나는 오늘 학교에 갔다. 나는 오늘 학교에서 영어 공부를 했다.' 이 문장들을 바꾸어서 쓰면 '나는 오늘 학교에 갔다. 그리고 영어 공부를 했다.' 이렇게 동어 반복도 줄이고 초보 작가의 티도 충분히 벗을 수 있기에 과감하게 생략할 것은 생략하고 대체하는 것이 좋다고 말씀드리고 싶어요. 제대로 연결하는 것도 중요하지만 잘 빼는 것도 중요합니다.

네 번째, 많이 읽고 많이 써라. 제가 수백에서 수천 명의 글쓰기 수강생들을 만나면서 처음부터 글을 잘 쓴다고 칭찬해드리면 마지막까지 글을 못 써내시더라고요. 제가 잘못 판단한 거죠. 글을 잘 쓰는 것, 꾸준히 쓰는 것, 책 한 권을 내는 것은 다르다는 것을 느꼈습니다. 작가 DNA는 필요 없습니다. 꾸준히 나만의 글을 열심히 쓰게 되면 한 권의 책으로 출간하는 데는 문제 없다는 것입니다.

처음에 제가 수업을 할 때 무슨 글이든 상관없이 하나의 글을 써달라고 하였습니다. 그리고 이야기를 나누면서 많은 사람들이 공감할 수 있는 부분을 저와 함께 찾아내는 거죠. 평범해 보이는 글감을 특별하게 만드는 과정을 거치고 나서 글을 계속 쓰고 30~40개의 글이 완성되어 출판사와 계약을 마친 분들도 몇 분 계셨죠.

제가 말씀드리고 싶은 것은 꾸준히 글을 쓰고 계시는 분들에게 당근과 채찍을 드리다 보면 막히는 과정이 있을 수 있습니다. 제가 드릴 수 있는 방향성에 한계가 있을 수도 있습니다. 그럴 때 '내'가 쓰는 분야와 비슷한 책을 몇 권 찾아보시라고 말씀드리고 싶어요. 비슷한 분야의 책을 보고 도움이 될 만한 부분은 참고하시고 본인이 놓치고 있는 부분은 무엇인지 다시 한 번 더 체크하고 글을 확장하여 마지막까지 해내는 모습을 보았습니다. 그래서 글쓰기는 작가 DNA를 통해 완성되는 것이 아니라 많이 읽고 많이 쓰면서 만들어지는 것이라고 느꼈습니다. 새뮤얼 베케트Samuel Beckett가 이런 말을 했습니다. '시도했었다. 실패했었다. 상관없다. 다시 시도하라. 더 잘 실패하라.' 이처럼 많이 읽고 많이 쓰고 누군가에게 도움을 요청해서 잘 썼는지 확인받고 뭔가 아쉬우면 나와 비슷한 책을 쓰셨던 작가들의 책들을 읽어보면서 나는 무엇을 놓치고 있었는지, 나는 그들보다 뭘 조금 더 잘 썼는지 이런 것들을 비교 분석해 나가면서 쓰게 되면 그 자체만으로 작가 DNA가 만들어진다고 말씀드릴 수 있을 것 같습니다.

다섯 번째, 베껴 써라. 그렇게 좋은 말 같지는 않죠? 그런데 한편으로 생각하면 필사하기와 똑같은 의미입니다. 필사하기는 조금 있어 보이는데 베껴 쓰라고 하니 너무 노골적인 것 같죠? 하지만 베껴 쓰는 것도 내 것으로 만들 수 있어야 합니다. 필사의 중요성은 아무리 강조해도 지나치지 않습니다. 모방은 창조의 어머니, 이런 말은 옛날부터 너무 많이 들으셨을 겁니다. 이 강의에서도 계속 이야기하는 부분이고요. 그러한 과정을 통해서 나만의 문체, 스타일을 취득해나간다면 충분히 좋은 책을 쓸 수 있고 좋은 작가가 될 수 있다는 점을 분명히 말씀드리고 싶습니다. 작가 지망생들이 많이 읽는 현대 모든 글쓰기 지침서 중 하나인 《작가 수업Becoming A Writer》을 출간한 도러시아 브랜디Dorothea Brande는 '자신의 문제를 보완해주는 작가를 골라 훈련한다면 문장 형태와 운율에 대해 아주 많은 것을 배울 수 있다'고 하였습니다.

이 한 문장만으로 베껴 쓰기의 중요성이 얼마나 큰지 아시겠죠?

오늘의 미션

비문 쓰지 않기 연습을 해보겠습니다. 역시나 A4 1~1.5페이지를 쓰는데 글을 쓸 때 한 문장을 두 줄 넘지 않게 써보는 겁니다. 그렇게 쓰다 보면 직접 체크할 수 있기 때문에 비문을 많이 줄일 수 있어요.

맞춤법 틀리는 오빠는 싫어

이번 시간은 실질적인 글쓰기 수업에 대해 접근해 볼까 합니다. 바로 여러분께서 아주 힘들어하는 맞춤법 수업을 간략하게 진행해 보고자 해요.

수많은 예시들을 준비했는데요. 깔끔하게 글을 쓰는 방법, 그리고 띄어쓰기, 외래어, 기본적인 맞춤법을 준비했습니다. 다양한 예시를 보면서 문장이나 구문, 단어를 고쳤을 때 과연 맞는지, 틀렸는지 그러한 부분에 대해 많이 고민해주면 감사하겠습니다.

이 예시들은 자주 나오는 예시들이기 때문에 잘 익혀두고 조금 더 내용이 필요하다면 나중에 표준국어대사전 및 네이버 국어사전을 찾아보거나 다양한 방식으로 본인의 실력을 더 일취월장해 나가기 바랍니다.

첫 번째, '~적'입니다.

사회적 관계 → 사회 관계

경제적 문제 → 경제 문제

인간적 관계 → 인간 관계

두 번째, '~의'입니다.

미술 취향의 정립 시기 → 미술 취향이 정립되는 시기

그다음의 일 → 그다음 일

연인과의 화해가 중요하다 → 연인과 화해하는 일이 중요하다

세 번째, '~들'입니다.

포도나무들에 포도가 주렁주렁 열렸다 → 포도나무에 포도가 주렁주렁 열렸다

수많은 무리들이 열들을 지어 걸어간다 → 수많은 무리가 열을 지어 걸어간다

네 번째, '것'입니다.

상상한다는 것은 행복한 것이다 → 상상은 행복이다/ 상상은 행

복한 일이다

사랑한다는 것은 이해한다는 것이다 → 사랑은 이해이다/ 사랑이
란 이해한다는 것이다

우리에게 그것은 미래적인 것을 의미했다 → 우리에게 그것은 미
래를 의미했다

다섯 번째, '있는'입니다.

눈으로 덮여 있는 산 → 눈 덮인 산

마을 끝에 자리 잡고 있는 기념비 → 마을 끝에 자리 잡은 기념비

그는 원한을 품고 있는 사람이었다 → 그는 원한을 품은 사람이
었다

첫 번째부터 다섯 번째 예시를 보면 '적, 의, 들, 것, 있는'
이라는 표현이 있는데요. 이러한 표현들은 여러분도 모르게
남발하거나 습관적으로 사용하고 있는 표현인지도 모릅니
다. 하지만 문장은 깔끔하게 써야 하고 독자가 쉽게 이해할
수 있어야 하기에 평소에 습관적으로 사용하거나 잘못 사용
하는 표현이 있다면 과감히 고쳐야 합니다.

물론 나중에 출판사 편집자분이 잘 고쳐주긴 하겠지만
기본적으로 작가는 맞춤법에 대한 기본 소양을 갖추고 있어
야 하기 때문에 자주 나오는 표현들을 말씀드렸습니다.

다음은 여섯 번째, '있었다'입니다.

길 끝으로 숲이 이어져 있었다 → 길 끝으로 숲이 이어졌다
항상 깨끗한 상태에 있었다 → 늘 깨끗한 상태였다
부장님으로부터 회의 시간을 미루라는 요청이 있었다 → 부장님
께서 회의 시간을 미루라고 하셨다

일곱 번째, '관계에 있다'입니다.

친밀한 관계에 있었다 → 친밀한 사이였다
그와 가까운 관계에 있는 담당자의 말에 따르면 → 그와 가까운
담당자의 말에 따르면

여덟 번째, '~하는 데 있어'입니다.

그 문제를 다루는 데 있어 주목해야 할 부분은 나의 결정이다 →
그 문제를 다룰 때 주목해야 할 부분은 나의 결정이다
공부하는 데 있어 집중력만큼 중요한 것은 없다 → 공부하는 데
집중력만큼 중요한 것은 없다/ 공부하는 데 집중력이 가장 중요
하다

아홉 번째, '~에 대해'입니다.

그 문제에 대해 우리도 책임이 있다 → 그 문제에 우리도 책임이 있다

서로에 대해 깊은 신뢰감을 갖게 되었다 → 서로 깊은 신뢰를 느낀다

당신의 주장에 대해 동의할 수 없다 → 당신의 주장에 동의할 수 없다

열 번째, '~들 중 한 사람'입니다.

그는 전형적인 독일 남자들 중 한 사람이었다 → 그는 전형적인 독일 남자였다

그는 가장 친한 친구들 중 한 명이야 → 그는 가장 친한 친구야

여러분께서 많이 느끼겠지만 평소 입으로 하는 말과 글로 쓰는 것은 조금씩 다릅니다. 처음 글을 쓸 때 입말과 쓰는 글이 일치해야 하지 않을까 하는 오해를 하곤 합니다. 그래서 맞춤법 공부는 작가라면 기본적인 소양 정도는 알아두어야 하기에 이런 표현들은 일상에서 아주 많이 쓰이기도 하지만 실수하는 부분이어서 조금 더 체크해주신다면 실수를 줄이는 데 큰 도움이 될 겁니다.

하나둘 틀리는 것을 갖고 흠을 잡을 수는 없을 것입니다. 기본적으로 잘 알고 있는데 어쩔 수 없는 실수로 받아들일 수 있겠지요. 하지만 계속 틀리거나 너무나도 예상치 못한 맞춤법 실수를 하게 된다면 작가를 향한 믿음이 굳어지기 힘들 것이 분명합니다.

오늘의 미션

A4 용지 1~1장 반 정도 글을 쓰고 맞춤법 예시들처럼 잘못된 표현으로 쓴 문장을 찾아 깔끔하게 고쳐쓰기

Class 15

깔끔하게 쓰는 것이 중요합니다

'깔끔하게 문장 쓰기' 두 번째 시간입니다. 여러분께서 어떠한 표현들을 습관적으로 잘못 쓰고 계시는지, 또한 어떤 오류를 범하고 있는지 저와 함께 고민해보도록 하겠습니다. 지난 시간에 이어서 시작하도록 하겠습니다.

열한 번째, '~의한'입니다.

시스템 고장에 의한 동작 오류로 인해 발생한 사고 → 시스템 고장에 따른 오작동 때문에 발생한 사고
실수에 의한 피해를 복구하다 → 실수로 빚어진 피해를 복구하다

열두 번째, '~에/~을(를)'입니다.

내 아이가 명문대를 가는 게 꿈인 부모님 → 내 아이가 명문대에 가는 게 꿈인 부모님
좋은 대학을 가는 것이 목표입니다 → 좋은 대학에 가는 것이 목표입니다

열세 번째, '~로부터'입니다.

친구로부터 선물을 받았다 → 친구에게 선물을 받았다
지난번 실패로부터 교훈을 얻었다 → 지난번 실패에서 교훈을 얻었다
그는 경찰로부터 도주하던 중 총격을 받고 사망했다 → 그는 경찰에게 쫓기던 중 총격을 받고 사망했다

열네 번째, '사동/피동'입니다.

언젠가 한번은 크게 데일 날이 있을 거야 → 언젠가 한번은 크게 델 날이 있을 거야
고기 냄새가 옷에 배였다 → 고기 냄새가 옷에 뱄다
휴가만 기다려진다 → 휴가만 기다린다

열다섯 번째, '이중 피동'입니다.

둘로 나뉘어진 대한민국 → 둘로 나뉜 대한민국

잠겨진 차 문을 열지 못했어 → 잠긴 차 문을 열지 못했어

지금까지도 잊혀지지 않는다 → 지금도 잊히지 않는다

많이 쓰는 표현들이지만 틀린 표현이 많이 있었죠? 특히나 이중 피동은 이중 높임 하는 것처럼 습관적으로 쓰는 표현이에요.

'나뉘어진, 잠겨진, 잊혀지지' 이런 표현은 피동에 피동이기 때문에 굳이 쓸 필요가 없고 굳이 쓰지 않아야 합니다. 이런 부분은 계속 습관적으로 체크해 두셔야 해요.

열여섯 번째, '(한자어)+시키다'입니다.

부모로서 자식을 제대로 교육시키지 못해 죄송합니다 → 부모로서 자식을 제대로 교육하지 못해 죄송합니다

계약 기간을 연장시키고 나니 다행이다 → 계약 기간을 연장하고 나니 다행이다

적군을 격퇴시키기 위해서는 치밀한 전략이 필요하다 → 적군을 격퇴하기 위해서는 치밀한 전략이 필요하다

열일곱 번째, 높임말에 쓰이는 선어말 어미 '~시~'입니다.

주문하신 커피 나오셨습니다 → 주문하신 커피 나왔습니다

할인이 적용되셨습니다 → 할인이 적용되었습니다

탈의실은 이쪽이세요 → 탈의실은 이쪽입니다

열여덟 번째, '될 수 있는'입니다.

1등이 될 수 있는 가능성이 있긴 한 거야? → 1등이 될 가능성이 있긴 한 거야?

이제야 그 사실을 깨달을 수 있었던 것이다 → 이제야 그 사실을 깨달은 것이다

마실 수 있는 것이 없어 목이 말랐다 → 마실 것이 없어 목이 말랐다

열아홉 번째, '그 어느/ 그 어떤/ 그 누구/ 그 무엇'입니다.

다른 그 어느 것도 아닌 바로 그것 → 다른 것도 아닌 바로 그것

그 누구도 그 자신조차도 몰랐다 → 아무도 심지어는 자신도 몰랐다

그 누구도 나를 대신할 수는 없다 → 아무도 나를 대신할 수는 없다

스무 번째, '~었던'입니다.

배웠던 내용을 다시 확인하는 것이 복습이다 → 배운 내용을 다시 확인하는 것이 복습이다

자책에 빠져 지냈던 몇 해 동안 그는 우울증을 심하게 앓았다 → 자책에 빠져 지낸 몇 해 동안 그는 우울증을 심하게 앓았다

나는 내가 방금 전까지 생각했던 것이 어느새 고리타분해지는 걸 느꼈다 → 나는 내가 방금 전까지 생각한 것이 어느새 고리타분해지는 걸 느꼈다.

쉽지 않죠? 그리고 확인하다 보니 저도 자주 실수하는 부분이 있네요. 여러분이 너무나 잘 아는 퇴고가 그래서 중요합니다. 처음이니까 실수할 수 있죠. 하지만 고쳐 쓸 수 있는 기회가 있기에 다시 확인하면서 깔끔하게 문장 쓰기를 연습해 보아요.

그리고 굳이 쓰지 않아도 되는 군더더기를 쓰지 않는 연습이 깔끔하게 문장 쓰는 데 아주 중요합니다. 그런데 이렇게 이야기할 수 있죠.

'나는 소설을 쓰는데 이런 의도가 있어요, 저는 시를 쓰고 싶어요, 시상이 떠올랐어요.' 의도가 있으면 상관없습니다. 그런데 기본적으로 문장을 쓸 때는 깔끔하면서도 간결하게 쓰는 연습을 해야 독자도 빠르게 이해할 수 있기 때문에 많이

연습해주세요. 물론 쓰다 보면 길어질 수 있습니다. 절대 문장을 길게 쓰지 말라는 뜻이 아닙니다. 짧게 쓰는 연습을 해야 긴 문장을 썼을 때 비문을 쓰는 오류를 줄일 수 있음을 강조하고자 합니다.

오늘의 미션

A4 1~2장 정도의 글을 쓰고 그중에서 잘못된 두 문장을 찾아 예시로 나온 표현을 잘 체크하면서 고쳐보기

Class 16

맞춤법 퀴즈와 함께

맞춤법 수업 계속 이어서 하겠습니다. 더 이상 설명할 필요 없이 오늘은 퀴즈 형식으로 하겠습니다. 사실 지난 시간과 크게 다르지 않습니다. 다만 어떤 점이 다르냐면 짧고 간결한 문장들이 쉼 없이 나갈 겁니다. 여러분, 맞춤법 잊지 마시고 두 번, 세 번 체크하고 외우고 습관처럼 익혀주시기 바랍니다. 그럼 시작하겠습니다

1. 오늘부터 나랑 사겨 → 오늘부터 나랑 사귀어

2. 뭐가 바꼈다고? → 뭐가 바뀌었다고?

3. 진짜 으아하네요 → 진짜 의아하네요

4. 정말 실증이 난 거야? → 정말 싫증이 난 거야?

5. 바로 무 쓸었니? → 바로 무 썰었니?

6. 와, 승질난다 → 와, 성질난다

7. 오다 주섰다 → 오다 주웠다

8. 선반에 반찬통을 얹지고 나서 나갔다 → 선반에 반찬통을 얹고
나서 나갔다

9. 어의없네 정말 → 어이없네 정말

10. 일 않 할 거니, 안을 거면 그냥 가 → 일 안 할 거니, 않을 거면
그냥 가

다섯 개 이상 맞췄나요? 쉽지 않죠? 제가 봤을 때는 1번,
2번이 많이 힘들었을 것 같아요. 왜냐하면 입말로는 '나랑 사
겨, 뭐가 바꼈다고' 이렇게 많이 쓰거든요. 그런데 이게 익숙
하다 보니 '사귀어, 바뀌어' 이런 표현이 어색한 거죠. 하지만
올바른 표현을 쓰셔야 합니다. 왜냐, 우리는 글을 쓰고 있기
때문이지요. '승질 → 성질, 주섰다 → 주웠다, 어이없네' 표현

도 많이 헷갈리는 부분이고요. 그리고 '않 하다'의 '히읗'은 들어갈 때와 뺄 때를 잘 구분해야 합니다. 그러면 이어서 10개의 퀴즈 계속 나갑니다.

11. 오래 앉아 있었더니 왼쪽 발이 절였다 → 오래 앉아 있었더니 왼쪽 발이 저렸다

12. 안전사고에 주위합시다 → 안전사고에 주의합시다

13. 섣불은 판단으로 망치지 맙시다 → 섣부른 판단으로 망치지 맙시다

14. 이것저것 속속드리 다 확인했지 → 이것저것 속속들이 다 확인했지

15. 격이 없이 대하시니 좋네요 → 격의 없이 대하시니 좋네요

16. 그날 만났드라면 좋았을 것을 → 그날 만났더라면 좋았을 것을

17. 네가 자꾸 그러면 삐뚫어질 테다 → 네가 자꾸 그러면 삐뚤어질 테다

18. 너 때매 혼났잖아 → 너 때문에 혼났잖아

19. 뒷산에 올르고부터 건강이 좋아졌어 → 뒷산에 오르고부터 건강이 좋아졌어

20. 꾸물대지 말고 얼릉 해치우자 → 꾸물대지 말고 얼른 해치 우자

　　오늘 맞춤법 퀴즈가 20개 나갔습니다. 생각보다 쉬웠던 표현도 있겠지만 약간 헷갈린 표현도 있었을 거예요. 솔직히 말씀드리면 기초적인 맞춤법 표현을 준비해 왔기 때문에 최소 15개 이상은 맞춰야 한다고 말씀드리고 싶고요. 15개 정도 못 맞췄다면 맞춤법 공부를 조금 더 해주기를 부탁드리겠습니다.

　　11번부터 20번까지 봤을 때 많이 틀리거나 헷갈리는 부분들을 다시 한번 확인해 보도록 하겠습니다. 11~14번까지는 사실 잘 틀리지 않는데 15번은 가끔씩 틀리는 분이 계세요. 그래서 15번은 특히 주의해야 하고요. 16번도 그리 어렵지 않아요. 17번 '않다'라는 표현을 쓸 때 히읗이 들어가기 때문에 '삐뚤어지다'라는 표현을 쓸 때에도 히읗이 들어갈 것이라고 생각합니다. 잘 확인해주시고요.

　　18번 표현은 입말에서 '너 때매'라고 쓰기 때문에 글을 쓸

때도 나도 모르게 잘못된 표현을 쓰는 경향이 있습니다. 그래서 '너 때문에'라고 고쳐 써야 합니다. 19번 '오르고' 표현을 '올르고'라고 쓰는 분이 있다면 조금 위험합니다. 20번에서 '얼릉'이라고 쓰는 분이 생각보다 많습니다. 없을 것이라고 생각했지만 '얼릉'이라고 쓰는 분들이 생각보다 계셔서 놀랐던 적이 있습니다.

오늘은 가장 기본적인 맞춤법 문제를 준비했습니다.

오늘의 미션

A4 1~2장 정도 글을 쓰고 맞춤법이 틀린 표현, 또는 단어를 5개 찾아 올바르게 고치기

Class 17

오늘부터 당신은
맞춤법 천재입니다

맞춤법 수업 네 번째 시간입니다. 지난 시간에 이어서 맞춤법 퀴즈 21번부터 시작합니다.

21. 하마트면 열심히 살 뻔했다 → 하마터면 열심히 살 뻔했다

22. 선생님한테 일르지 좀 마라 → 선생님한테 이르지 좀 마라

23. 내 역활이 뭐야? → 내 역할이 뭐야?

24. 드라마를 보러 갔읍니다 → 드라마를 보러 갔습니다

25. 화재로 인해 연기에 휩쌓였다 → 화재로 인해 연기에 휩싸였다

26. 좀 깍아주세요 → 좀 깎아주세요

27. 여기서 하룻밤 묶을 것입니다 → 여기서 하룻밤 묵을 것입니다

28. 무척 졸립네요 → 무척 졸리네요

29. 술을 많이 마셔서 결국 속의 것을 모두 게어 내고 말았다 → 술을 많이 마셔서 결국 속의 것을 모두 게워 내고 말았다

30. 접시까지 할타먹을 기세네 → 접시까지 핥아먹을 기세네

21번부터 30번까지 다시 보겠습니다. 21번은 책 제목이기 때문에 많이 틀리지 않으실 겁니다. 요즘에 '하마터면'은 트렌디한 단어처럼 사용되어서 많이 틀리지 않으실 것 같고요. 22번 같은 경우 '일르지 말라'는 입말로 너무 붙어 있어서 잘못하면 '이르지 말라'라고 쓰셔야 하는데 '일르지 말라'고 쓸 수 있으니 유념해 주세요. '역할'이란 표현도 은근히 많이 틀립니다. '읍니다'는 옛날에 쓰던 표현입니다. 요즘에는 시옷입니다.

'쌓이다'는 차곡차곡 쌓을 때 쓰는 표현이며 '휩싸였다'라는 표현을 쓸 때는 '휩쌓였다'가 아닌 '휩싸였다'가 맞습니다. 26번 표현이 많이 헷갈립니다. 저도 종종 헷갈리고요. 밑에

받침이 기역이 하나인지 쌍기역인지 늘 헷갈립니다. 올바른 표현은 쌍기역입니다. 저도 그래서 매번 인터넷도 찾아보고 표준국어대사전도 찾아보며 확인합니다. 27번은 쌍기역을 쓰시면 무언가를 묶을 때 쓰는 표현이고 '하룻밤을 묵는다'는 표현을 쓸 때는 기역이 하나입니다.

28번 '졸리네요' 표현을 쓸 때는 무의식중에 '졸립다'라는 표현을 많이 쓰기 때문에 머릿속에 이미 인식되어 잘못 쓸 수 있습니다. '졸리네요'라고 써야 합니다. 29번도 헷갈립니다. '게어 내다'인지 '게워 내다'인지 '게'가 '개'인지 '게'인지 많이 헷갈립니다. '게워 내다'라고 알아두면 되겠습니다. 30번은 틀리는 분이 없겠죠? 30번을 틀리는 분이 있다면 진짜 공부 좀 하셔야 합니다.

이어서 31번부터 40번까지 퀴즈 계속 나갑니다.

31. 뭘 그렇게 위아래로 훌터보는 거예요? → 뭘 그렇게 위아래로 훑어보는 거예요?

32. 반죽이 물어서 칼국수는 포기해야겠다 → 반죽이 묽어서 칼국수는 포기해야겠다

33. 그래서 이렇게 저질른 거야? → 그래서 이렇게 저지른 거야?

34. 어서 결딴을 내리시지요 → 어서 결단을 내리시지요

35. 변기가 막힘니다 → 변기가 막힙니다

36. 정말 반가와요 → 정말 반가워요

37. 인제 우리 어떡하지? → 이제 우리 어떡하지?

38. 동그래미를 그려봅시다 → 동그라미를 그려 봅시다

39. 말 참 드럽게 안 듣네 → 말 참 더럽게 안 듣네

40. 얼른 좀 씻어라 → 얼른 좀 씻어라

    31번부터 40번까지 확인하겠습니다. 31번 '훑어보다'라는 표현을 쓸 때 리을만 쓰는 분은 없겠죠? 32번 역시 리을만 쓰는 분은 없겠죠? 33번 '저질른 거야'라는 표현은 은근히 입말에 붙어 있기 때문에 실수할 수 있습니다. 유의하셔야 합니다. 34번 '결딴'이라고 발음은 하지만 쓸 때는 '결단'입니다. 35번 '막힘니다'가 아닌 '막힙니다'라고 써야 합니다.

    36번 '반가워요'가 표준어입니다. 37번 '인제'라는 표현은 '이제'라고 써야 하고요. 38번 '동그라미'를 '동그래미'라고 쓰는

분은 없죠? 39번 '드럽게'라고 입말로 쓰지만 '더럽게'라고 써야 하고요. 40번 '씻어라'는 쌍시옷이 아닌 시옷 하나입니다.

생각보다 맞춤법이 쉽지 않습니다. 하지만 계속 연습해서 습관으로 익혀야 합니다. 그렇지 않으면 글의 내용이 아무리 좋다고 하여도 출판사에 투고하였을 때 담당자가 당황할 수 있습니다. 그러니 맞춤법에 많이 신경 써서 글을 써 주시기 바랍니다.

오늘의 미션

A4 1~2장 정도 글을 쓰고 맞춤법이 틀린 단어 또는 표현을 5개 찾아 고치기

굳이 왜 외래어까지…

이번 시간에는 굳이 왜 이런 것들도 맞춤법을 신경 써야 하냐고 생각할 수 있는 외래어표기법에 대해서 말씀드리겠습니다. 바로 예시를 보여드릴게요.

1. 초코렛 → 초콜릿

2. 케잌 → 케이크

3. 카렌다 → 캘린더

4. 오무라이스→ 오므라이스

5. 돈까스 → 돈가스

6. 사라다 → 샐러드

7. 케챱 → 케첩

8. 다이나마이트 → 다이너마이트

9. 개스 → 가스

10. 훼밀리 → 패밀리

11. 샵 → 숍

12. 크로바 → 클로버

13. 스프 → 수프

예시들을 보니 왠지 일본식 영어 같지 않나요? 우리 생활에 일본식 영어 발음 같은 외래어 표기들이 좀 많습니다. 그래서 원어 발음에 입각한 한국식 표현으로 바꾸고자 언어학자들이 많이 연구해서 지금은 많이 바뀌었는데요. 케익은 케이크라 표시하고 오무라이스는 오므라이스로 표시하고 있습니다.

그런데 약간 재밌는 표현을 하나 말씀드리자면 사라다와 샐러드인데요. 외래어표기법에선 샐러드라고 쓰이고 있는데 사실 음식으로 봤을 때 조금 다르다고 생각하지 않나요? 사라다는 마요네즈가 좀 많이 들어가고 양상추나 양배추가 기본적으로 송송 썰어져 있는 느낌이라면 샐러드는 방울토마토도 들어가고 발사믹 소스도 들어가고 조금 다른 재료들이 많이 들어가는 느낌이지요. 기본적으로는 샐러드가 맞긴 합니다. 케챱 같은 경우도 일본식 영어 발음으로 많이들 사용하고 있기 때문에 케챱으로 많이 사용하지만 케첩이 맞는 표기방식입니다.

다이나마이트 역시 다이너마이트가 맞는 표현이고요. 훼밀리 같은 경우 10~20년 전에는 훼밀리로 많이 썼는데 역시나 일본어식 영어 발음이라 지금은 패밀리로 사용하고 있습니다. 물론 이러한 발음은 원어에 조금 더 가까운 발음으로 정리되어 있는 것이라 이해해주면 좋습니다.

샵은 숍으로, 크로바는 클로버로 쓰고 있고요. 스프는 약간 헷갈리지만 영어식 발음에 좀 더 가깝게 수프라 표기하고 있습니다.

그러면 계속 이어서 하겠습니다.

14. 코메디언 → 코미디언

15. 환타지 → 판타지

16. 굳모닝 → 굿모닝

17. 키친타올 → 키친타월

18. 리더쉽 → 리더십

19. 커텐 → 커튼

20. 브렌딩 → 블렌딩

21. 후라이드 → 프라이드

22. 터미날 → 터미널

23. 캡쳐 → 캡처

24. 브라우스 → 블라우스

25. 로얄 → 로열

26. 호일 → 포일

27. 핏자 → 피자

코미디언을 코메디언이라고 쓰지 않는 것처럼 원래 발음에 조금 더 가깝게 표기하려는 노력이 보일 겁니다. 환타지 아니고 판타지고요. 굿모닝 할 때 굿은 디귿을 쓰지 않고 시옷을 씁니다. 타올이 아닌 타월로 원음에 가깝게 표시되고요. 리더쉽이 아니라 리더십, 커텐은 영어식 발음에 가깝게 커튼으로 표시됩니다. 후라이드는 일본식 영어 발음이라 프라이드로 사용되고 커피 용어에 나오는 블렌딩도 브렌딩이 아닌 블렌딩이 맞습니다.

터미날은 터미널, 캡처할 때 처는 쳐가 아닌 처가 맞습니다. 브라우스가 아닌 블라우스가 맞고요. 로얄은 로열, 호일은 포일, 핏자는 피자라고 표기합니다.

전반적으로 보시면 일본식 영어 발음을 원발음에 가깝게 표현합니다. 여러분께서는 이런 부분에 많이 유념하여 외래어표기법을 익혀주시면 감사하겠습니다. 여기서 끝이 아닙니다. 외래어표기법 예시들을 조금 더 말씀드리겠습니다.

28. 콘테이너 → 컨테이너

29. 산타크로스 → 산타클로스

30. 크리스찬 → 크리스천

31. 크리스탈 → 크리스털

32. 매니아 → 마니아

33. 스폰지 → 스펀지

34. 세익스피어 → 셰익스피어

35. 아이슬랜드 → 아이슬란드

36. 그린랜드 → 그린란드

37. 말레이지아 → 말레이시아

38. 크레딧 → 크레디트

39. 스트릿 → 스트리트

40. 퍼머 → 파마

41. 밧데리 → 배터리

42. 브릿지 → 브리지

43. 썸머타임 → 서머타임

44. 알러지 → 알레르기

45. 어플리케이션 → 애플리케이션

46. 오마쥬 → 오마주

47. 맛사지 → 마사지

48. 미이라 → 미라

49. 뱃지 → 배지

외래어표기법은 시간이 지나면 조금씩 변할 수 있습니다. 지금 이 시간에는 이 표현들이 맞지만 언어는 시간이 지나면 조금씩 변할 수 있기에 약간의 변화가 있을 수 있다는 점 이해하시기 바랍니다. 외래어표기법을 찾을 때도 표준국어대사전이나 여러 검색 사이트를 확인해 보면 더 정확하게 찾을 수 있습니다.

오늘의
미션

자주 틀리는 외래어표기법 5개를 찾아서 before/after를 체크해봅니다. 그리고 앞서 쓴 목차에 맞춰서 주제를 하나 골라 A4 1~2장 정도 글 쓰기

빙글빙글 많이 헷갈렸죠

사실 맞춤법을 전문으로 하는 수업이면 보조용언, 본용언, 의존명사 등을 끝도 없이 설명해야 합니다. 하지만 전문 맞춤법 수업이 아닌 글쓰기 수업 중 가장 빈도수가 높고 실수를 많이 하는 예시 중심으로 정리했음을 인지해 주길 부탁드려요.

오늘은 굳이 안 틀려도 되고 안 틀린 것 같지만 늘 틀리는 띄어쓰기를 공부해 보겠습니다. 회사에서 상사가 띄어쓰기 이야기 많이 하죠? 저와 함께 띄어쓰기 중 많이 실수하는 부분을 체크하여 다음번에 보고서를 쓸 때 당당하게 쓸 수 있길 바라면서 시작하도록 하겠습니다.

1. 오자마자 곯아 떨어졌다 → 곯아떨어졌다

2. 벼랑에서 굴러 떨어졌어 → 굴러떨어졌어

3. 하루 종일 아무 데도 가지 않고 아무 것도 하지 않았다 →

　　아무것도

4. 화재시 방화벽이 내려온다고 합니다 → 화재 시

5. 내친 김에 우승까지 달려보자 → 내친김에

6. 그 많은 산해진미가 온 데 간 데 없어 → 온데간데없어

7. 궤를 달리 하다 → 달리하다

8. 저런 덜 떨어진 놈을 봤나 → 덜떨어진

9. 사장님은 못 마땅한 얼굴로 나를 쳐다봤다 → 못마땅한

10. 되는 대로 만들었는데 그런 대로 먹을 만했어 → 되는대로/

　　　그런대로

1~10번까지 많이 헷갈리죠? 저도 헷갈립니다. '굴러떨어졌다'는 음절이 길어 띄어 써야 할 것 같지만 붙여 씁니다. 2번도 마찬가지고요. 많이 틀리는 3번 잘 체크해주시고요, 이어서 4번 '화재 시'는 '화재가 났을 때'로도 바꿔 쓸 수 있기 때문에 띄어 썼습니다. 5번 '내친김에'는 한 단어처럼 외우면 좋고요. 6번 '온데간데없어'도 한 단어처럼 외우는 게 좋습니다. 7번 '달리하다'는 붙여 쓰고요.

8번 '덜떨어진'은 띄어쓰기할 것 같지만 붙여 써야 합니다. 9번 '못마땅한'은 '못 하다'처럼 띄어 쓰고 싶겠지만 붙여 씁니다. '수학을 못해' 이럴 때는 붙여 쓰고요. '나는 오늘 숙

제를 못 했다'처럼 '안 했다'라는 뜻이 되면 띄어 씁니다.

비슷하게 연결 지어 생각해보라고 말씀드리지만 헷갈리죠? 하지만 계속 익숙해져야 작가의 기본 자존심을 지키며 틀리지 않는 지름길로 갈 수 있습니다. 10번 '되는대로/그런대로'가 나오는데요. 저는 '그런대로' 붙이는 것은 익숙하지만 '되는대로'는 이상하게 띄어 쓰고 싶어져요.

11. 볼썽 사납게 옷차림이 왜 그러니 → 볼썽사납게

12. 세상 모르고 자는 우리 강아지 → 세상모르고

13. 날 바람 맞히고 다른 친구와 영화를 봤다고? → 바람맞히고

14. 하루 만 빌린다더니 이틀만에 갚았네 → 하루만/이틀 만에

15. 저녁에 뭐해? → 뭐 해?

16. 뭐 하러 그 독한 술을 마시겠다는 거야? → 뭐하러

17. 팬들의 시선이 자연스럽게 그에게 가 닿았다 → 가닿았다

18. 이번 프로젝트 성공은 막내가 한몫 했다 → 한몫했다

19. 사람들이 줄 지어 선 곳은 하나같이 맛집들이네 → 줄지어

20. 상자 안에 든 것이 무엇이든간에 난 필요 없어 →
　　　무엇이든 간에

21. 얽히고 설킨 인간관계 때문에 머리가 아프다 → 얽히고설킨

22. 못 다 한 이야기는 나중에 다시 하자 → 못다 한

23. 점심 먹고 커피 한 잔 하자 → 한잔하자

24. 한 때는 나도 잘 나갔는데 → 한때는

25. 별 다를 것도 없는데 유난을 떠는 거 보니 별 수 없구나 →
별다를/별수

11번부터 25번이 조금 더 헷갈릴 겁니다. 11번부터 다시 보겠습니다. '볼썽사납게' 한 단어처럼 외우면 되고요. 12번 '세상모르고' 한 단어처럼 외워두고 기억해 두는 게 낫습니다. 괜히 분석하다가 또 헷갈리니까 한 단어인 것처럼 외워두는 게 편할 겁니다. 13번 '바람맞히고' 역시 마찬가지입니다. 14번 '하루만'은 보조사여서 붙여 쓰고 '이틀 만에'는 의존 명사여서 띄어쓰기한다는 것을 반드시 체크해야 합니다.

15번과 16번은 조금 헷갈릴 수 있어요. 15번은 무엇을 하는지 묻는 표현이라 띄어 썼습니다. 16번 '뭐하러'는 '무엇을 하다'라는 의미가 아니라 관용적으로 쓰기 때문에 붙여 씁니다. 17번은 한 단어처럼 쓰시면 되고요. 18번 '한몫했다' 붙여 씁니다.

19번 '줄지어'도 한 단어인 것처럼 사용하면 됩니다. 괜히 복잡하게 문법적으로 분석하다 보면 더 어려울 수 있으니 습관처럼 인식해 주길 부탁드리겠습니다. 20번 '무엇이든 간에' 띄어 씁니다. 21번 '얽히고설킨'은 띄어쓰기도 중요하지만 이 단어 자체도 기억해 둬야 합니다. '얽히다'의 받침은 리을, 기역입니다. '설키다'의 받침은 리을, 기역이 아니고 '설킨' 발음 그대로 써서 '얽히고설키다' 이렇게 단어 자체로 기억해주는

게 좋습니다.

22번 조금 헷갈릴 수 있습니다. '못다'와 '한' 이렇게 따로 생각해주는 게 좋습니다. 그래서 생각해보면 문법적으로 외우고 분석하는 것도 중요하지만 이렇게 한 단어처럼 인지하는 게 오히려 글을 쓸 때 덜 힘들 수 있어요. 그렇게 하다 보면 여러분의 맞춤법 능력도 많이 향상될 수 있기 때문에 습관처럼 익혀주길 부탁드려요.

예를 들어서 점심을 먹고 다들 커피 한잔하시죠? 말 그대로 딱 한 잔만 하려고 하는 건 아니잖아요. 그냥 관용적으로 커피 한잔하자, 맥주 한잔하자, 이렇게 이야기하듯이 관용적으로 쓰는 표현이라 한잔하다는 다 붙여 씁니다. 말 그대로 한 잔만 마신다고 했을 때는 커피 한 잔 하자로 띄어 쓰는 게 맞습니다. 23번 설명이었습니다.

24번 '한때는' 붙여 쓰고요. 25번 별다를/별수는 붙여서 씁니다. 아주 기본입니다. 글을 쓸 때 내용이 중요하지 맞춤법이 뭐가 중요하겠어, 라고 이야기할 수도 있겠지만, 작가로서 갖추어야 할 최소한의 기본, 덕목, 스토리를 잘 만드는 것도 너무 중요하지만 맞춤법을 절대로 무시하거나 건너뛰면 안 됩니다.

오늘의 미션 A4 1~2페이지를 쓰고 띄어쓰기가 틀린 5개의 표현을 찾아 바르게 고치기

결 ●

출판,
그리고
작가를 넘어서
(feat. 퍼스널 브랜딩)

매일 브런치 좀 먹고 가실게요

오늘은 많이 궁금해하시는 글쓰기 플랫폼 브런치에 대해 이야기 나누고자 합니다. 많은 작가분들께서 글쓰기 플랫폼을 처음에 시작할 때 블로그를 많이 이용했을 겁니다. 그리고 그 이후에 페이스북도 많이 사용하고 이미지 중심으로는 인스타그램도 많이 사용할 겁니다. 근데 최근에는 글쓰기 하면 무엇보다 브런치가 대세이기 때문에 브런치가 어떤 플랫폼인지, 그리고 어떻게 가입해서 어떻게 글을 쓸 수 있는지 자세하게 말씀드리고자 해요.

먼저 계정 오픈부터 시작해야 하는데요. 'brunch.co.kr'로 접속합니다. 접속 후 오른쪽에 위치한 '가입하기' 버튼을 누르면 됩니다. 글을 읽거나 쓰기 위해서 브런치에 가입하는 것은 일반적인 홈페이지 회원가입과 유사하기 때문에 어렵지는 않습니다. 하지만 브런치는 회원가입이 끝이 아닙니다. 블로그는 가입하고 글을 쓰고 하는 과정이 그 자체로 전부이지만 브런치의 예비작가들은 작가 신청을 해야 합니다.

홈에서 제일 아래로 내려가면 작가 신청 코너가 보입니다. 작가 신청을 하면 1번으로 작가소개 페이지가 등장합니다. 이때 당황하거나 긴장하지 않으셔도 됩니다. 여기서 작가 소개는 300자 이내로 작가로서 자신을 어필할 내용을 정확하게 쓰거나 전문적으로 쓰고 싶은 분야를 자세하게 쓸 필요가 있습니다. 작가소개는 필요한 내용을 정확하게 쓰는지 확인하는 것이기 때문에 굳이 필요 없는 내용을 중언부언하면 안 됩니다.

브런치에는 수많은 작가가 등록되어 있기 때문에 그 작가들과 차별화될 수 있는 내용을 명확하게 쓸 필요가 있습니다. 그런데 정말 쓸 것이 없어서 첫 번째 단계조차 넘어가지 못하는 불상사가 생길 수도 있습니다. 하지만 글을 쓴다는 것은 스토리를 만들어 내는 작가의 첫 번째 단계이기 때문에 여러분께서는 내가 쓰고 싶은 이야기가 어떤 것인지에 대해 고민을 먼저 할 필요가 있습니다.

저와 함께 차근차근 고민해 봅시다. 만약 내가 직장인이라면 일과 관련되는 전문 분야, 내가 지금 회사에서 대리라면 상사, 부하직원과 어떻게 잘 지낼 수 있는지, 직장 생활 등을 쓸 수 있는 것이죠. 그런 것이 쓰기 싫다면 평소에 음악을 많이 듣거나 책을 많이 읽는 것에 대해 깊이 있게 쓸 수 있습니다.

이런 식으로 작가소개를 쓴다면 충분히 브런치에서 원하는 작가가 될 수 있을 것이라 생각합니다. 혹시나 직장인이 아닌 자영업자라면 내가 하고 있는 일을 꼼꼼하게 분석해볼 필요가 있습니다. 예를 들어 편의점에서 일하는 멋진 작가님이 계십니다. 편의점과 관련해서 무슨 글을 쓸 수 있을까, 라고 생각하겠지만 편의점에는 다양한 사람들이 드나들기 때문에 그 사람들과 만났을 때 일어날 수 있는 다양한 에피소드도 있을 것이고요. 그리고 어떤 물건들이 들어 왔을 때 진열을 통해 소비자에게 어떻게 어필할 수 있는지 이러한 부분도 쓸 수 있습니다.

그래서 내가 지금 하고 있는 일을 특별한 소재로 찾아내는 것이 바로 작가가 해야 하는 일입니다. 만약 내가 하고 있는 일을 브런치에 쓰고 싶다면 구체적으로 고민해 보고 저와 앞에서 글감 찾기를 했던 것처럼 여러분께서 깊이 있게 분석해보면 좋을 것 같습니다.

브런치 작가 중에 버스 운전자 분이 계십니다. 버스를 운전하면서 다양한 에피소드가 많이 생길 수 있습니다. 그런 것들을 잘 정리해서 한 권의 책으로 만들 수 있지요. 최근에는 아주 대단한 직업, 세계적인 석학, 교수, CEO만 책을 쓰는 것이 아니라 나와 비슷한 일상적인 소시민들이 본인의 삶에서 느끼는 철학, 메시지, 감동 이러한 것들을 글로 많이 씁니다.

여러분도 어떤 일을 하고 있는지 철저하게 분석해서 독자에게 어필할 수 있는 글을 쓸 수 있다면 충분히 통과하는 데 도움이 될 거라고 생각합니다. 앞에서 말씀드렸던 편의점, 버스 운전사 이런 분들이 다 이미 책을 출판하셨다고 말씀드리고 싶어서 이런 예시를 드렸습니다.

자신의 스토리를 매력적으로 잘 풀어내고 정리하는 것이야말로 작가로서의 첫 번째 단계라고 할 수 있습니다. 이런 작가님들의 이야기를 브런치는 정말 듣고 싶어 합니다. 많은 분들의 삶의 곳곳에서 묻어나는 많은 이야기를 듣고 싶어 하는 곳이 글쓰기 플랫폼 브런치이기 때문에 여러분께서도 충분히 작가로서 활동할 수 있다고 말씀드리고 싶어요.

여러분이 누구인지 이해하고 싶다고 브런치는 처음에 가입할 때부터 이야기합니다. 작가소개를 할 때 브런치에서 요구하는 것들을 그대로 쓰셔야 합니다. 굳이 필요 없는 것들을 사족처럼 썼을 때 그 300자 자체만으로 작가로서의 가치가 있는지 없는지 브런치가 평가할 수 있다는 점을 반드시 명심해주면 감사하겠습니다.

작가소개가 끝나면 브런치에서 어떤 글을 발행하고 싶으신가요, 라는 페이지가 뜹니다. 발행하고자 하는 글의 주제, 소재, 대략의 목차를 잡는 곳인데요. 브런치 작가로서 어떤 글을 쓸 것인지 강력하게 어필할 수 있는 공간이기 때문에 작가소개 연장선이라고 생각하면 되겠습니다.

여러분께서 반드시 쓰고 싶은 글이 어떻게 하면 독자에게 어필이 될 수 있는지 판단하셔서 글을 써 내려가면 될 것 같습니다. 이어서 내 서랍 속에 저장! 이제 꺼내주세요, 라는 페이지로 넘어갑니다. 브런치를 가입하면 글 읽기, 작가의 서랍에 내가 쓴 글을 저장하기까지는 자유롭게 할 수 있습니다. 브런치 작가가 되기 위해서는 작가의 서랍에 내가 쓴 글들을 꺼내어서 내 서랍 속에 저장! 이제 꺼내주세요 페이지에 첨부하기를 통해 작가 신청하기를 진행하면 됩니다.

온라인 매체에 기고하거나 책을 출간했다면 이런 부분들은 플러스 점수를 받을 수 있습니다. 왜냐하면 기본적으로 글을 쓸 수 있고 객관적으로 검증이 된 분이라고 브런치는 인식하기 때문이죠. 하지만 말 그대로 플러스 요인이지 필수요소는 아닙니다.

이후 브런치의 요구사항에 잘 맞춰서 3개 정도의 잘 쓴 글을 브런치에 업로드하면 여러분은 충분히 브런치의 공식작가로 데뷔할 수 있다고 저는 믿습니다. 브런치에 가입하기와 작가 신청은 다르다고 말씀드리고 싶습니다. 글을 읽기 위한 가입이 아니라 작가 신청까지 염두에 두었다면 반드시 작가의 서랍에 최소 3개 이상의 알찬 글들을 저장해 주시고요.

이어서 활동 중인 SNS나 홈페이지가 있으세요, 라는 페이지로 넘어갑니다. 나만의 글쓰기가 강조된 블로그, 페이스북, 인스타그램 등을 적어서 올리면 됩니다. SNS가 없다 하여도 상관없습니다. 왜냐, 정확한 주제의 글을 잘 쓰면 브런치는 그 요소들을 충분히 이해하고 있기 때문에 작가로 충분히 통과할 수 있습니다. 그렇게 하고 나면 작가 신청이 완료되었습니다, 라고 다음 페이지가 뜨고요.

신청 결과는 5일 이내에 이메일과 앱 알림으로 안내한다고 화면이 바뀔 겁니다. 그럼 여러분은 길면 5일, 가끔은 하루 이틀 만에 통과했다는 메일이나 알림이 오기 때문에 차분히 기다려 주면 브런치 작가의 통과 여부를 확인할 수 있습니다.

드디어 브런치 작가로 등록하셨으니 오늘부터 여러분을 공식적으로 작가님이라고 불러드리겠습니다. 작가님, 파이팅입니다.

오늘의 미션 브런치에 가입하기. 그리고 A4 1~2장 정도 글쓰기

Class 21

잘 쓰는 글쓰기에 대하여

　오늘은 글쓰기 플랫폼 브런치에 등록되는 글들에 대해 살펴볼게요. 그리고 얼마나 잘 써야 등록되는지, 어떻게 하면 여러분의 글이 등록될 수 있는지 이에 대해 함께 분석해보려고 합니다.

　브런치 메인 추천글은 제일 처음에 정리되어 있습니다. 브런치 메인 키워드로 정리된 공간도 있고요. 브런치 메인에 등록되기 위해서는 첫 번째, 최근 이슈가 되는 글을 써야 합니다. 최근에 많이 회자되고 있는 이야기를 잘 분석하여 쓴 글들이 메인에 등록될 수 있습니다.

　두 번째, 해시태그를 잘 이용해야 합니다. 조금은 변칙적일 수 있지만 이슈가 되고 있는 해시태그를 이용함으로써 더 많은 독자에게 노출될 수 있어요. 어떻게 보면 마케팅 스킬일 수 있는데 입소문이 날 수 있는 해시태그를 잘 이용하여야 합니다.

세 번째, 가독성을 잘 살려야 합니다. 빽빽하게 이미지도 없이 글을 쓴다면 독자들은 지칠 것입니다. 적당히 띄어쓰기도 하고, 줄 바꿈도 이용하고, 사진과 이모티콘도 적당히 사용하여 가독성을 높였을 때 브런치 메인에 오를 가능성이 높겠지요.

네 번째, 나만의 목소리를 잘 담아내야 합니다. 아무리 좋은 정보가 있다 할지라도 정보들만 모아놓은 글을 브런치는 좋아하지 않습니다. 그렇기 때문에 나만의 목소리를 담을 수 있어야 하고요.

다섯 번째, 타인의 글을 많이 읽고 분석해야 해요. 어떻게 보면 첫 번째~네 번째를 합친 것이 다섯 번째 방법이라고 할 수 있는데요. 이슈가 되는 해시태그, 가독성, 나만의 목소리를 잘 담아낸 글이 바로 메인에 등록되기 때문에 반드시 타인의 글을 많이 읽고 분석해볼 필요가 있습니다. 브런치 메인을 보시면 앞서 말씀드린 키워드로 분석한 메인 글 외에 매일 추천하는 작가들의 글들이 모여 있는 'brunch writers' 공간이 있어요.

그리고 브런치 작가지원 또는 책방이라고 해서 진행 중인 다양한 이벤트들이 나와 있는 코너도 있습니다. 브런치가 추천하는 글들을 모아놓는 'Recommended Articles' 공간도 있죠.

결국 무슨 이야기냐면, 잘 쓰고 많이 읽힌 글들이기 때문에 이러한 글들이 어떻게 하면 메인에 등록되는지 여러분께서 잘 생각하고 꼼꼼하게 분석하셔야 잘 알려지고 많이 읽히는 글이 된다는 점을 반드시 유념해 주시기 바랍니다.

그렇다면 블로그와 브런치의 차이점은 무엇일까요? 블로그와 브런치는 공통적으로 글을 쓰는 공간인데 블로그는 인터넷 환경 글쓰기의 초창기에 만들어진 공간이라고 생각하시면 되고요. 자유롭게 글을 쓸 수 있는 기회를 충분히 제공했지만 지금은 너무나 상업적으로 변질되었기 때문에 최근에는 글 쓰는 분들이 블로그에는 잘 쓰지 않더라고요. 본인의 자료를 정리하는 정도로만 블로그를 이용하기도 하지요.

반면 브런치는 폐쇄적이라는 비판이 있지만 오롯이 글에 집중할 수 있고 다양한 기능들이 글을 쓰기에 최적화되어 있습니다. 그래서 브런치 작가신청이 어려울 수 있지만 통과를 위한 과정을 거쳐야 소속감과 사명감이 생기기 때문에 브런치 작가에 도전해보시길 당부드리겠습니다. 이어서 브런치에는 매거진과 브런치북이라는 공간이 있습니다. 목차와 하나의 주제에 맞춰 글을 모아두는 곳이 매거진입니다. 말 그대로 연결성이 있는 글들을 모아서 하나의 주제를 정리하는 곳이 매거진이라고 생각하시면 되고요. 내 브런치에 들어가서 작품 탭을 누르고 매거진 만들기 코너로 이동하시면 자유롭게 만들 수 있습니다.

하나의 매거진에는 하나의 글부터 수십 개의 글까지 담을 수 있어요. 브런치 매거진은 제목을 가지고 있기 때문에 어떻게 보면 여러분의 초고라고 생각하시면 될 것 같습니다. 구성은 어떻게 할까요? 여러분께서 쓰고자 하는 글들을 정리해서 하나의 공간에 담는 것이기 때문에 한 개든 10개든 상관없이 차곡차곡 담아내기만 하면 됩니다.

그리고 브런치북도 존재합니다. 브런치북은 매거진에서 발전하여 온라인 책 스타일로 발행하는 전자책이라 생각하시면 됩니다. 브런치북 인사이트 리포트, 브런치 출판 프로젝트에 제출하려면 정리가 잘된 브런치북으로 제출해야 하는 필요성이 있기 때문에 반드시 브런치 매거진으로 정리하고 그다음 브런치북으로 최종 마무리하기 바랍니다.

어떻게 보면 브런치 매거진과 브런치북은 초고와 재고의 느낌이고 다양한 기능들을 브런치를 사용하면서 잘 숙지해 주시면 감사하겠습니다.

여러분께서는 브런치 작가로 통과하시고 첫 번째 글을 썼습니다.

오늘의 미션   목차에서 주제를 골라서 A4 용지 1~2장 정도의 글쓰기

일기 Vs. 에세이

여러분, 글을 처음 쓸 때 이런 이야기를 들어보셨을 겁니다. 내가 '일기를 쓰는 걸까? 에세이를 쓰는 걸까?' 이번 시간에는 이에 대해 함께 고민해보도록 하겠습니다. 가장 쉽게 일기와 에세이가 어떠한 차이가 있는지 말씀드릴게요. 하루를 정리하는 나만의 글은 '일기'입니다. 보편적인 공감을 불러일으키는 글은 '에세이'입니다. 독자가 오직 나뿐이라면 일기이고 독자가 불특정 다수이면 에세이입니다. 그리고 일기는 나만의 기록이고, 메시지 또는 의도가 있는 글이라면 에세이입니다. 이것저것 일상을 나열하였다면 일기이고 소소하지만 구체적인 의미가 있는 글이라면 에세이입니다. 마지막으로 일기는 팩트이며 감정과 감성, 느낌적인 느낌은 에세이입니다.

여러분께서는 지금 글쓰기를 넘어 책쓰기를 위해 이 책을 펼쳐놓고 계시기에 여기서 조금 확장해서 말씀드리고 싶답니다. 최종적으로 여러분께 퍼스널 브랜딩에 대해 이야기할 것이기 때문에 단순하게 '일기와 에세이로 나눠서 글을 쓰세요'라고 말씀드리기보다 일기, 에세이, 자기계발, 경제경영, 실용, 인문 등등의 전체적인 책쓰기 분야에 대해 말씀드리고 싶습니다.

일기만으로는 출판하기 쉽지 않습니다. 왜냐, 너무나 '나만의 이야기'이기 때문이지요. 에세이의 경우도 팬덤을 갖고 있는 작가가 아니라면 책쓰기로 봤을 때 역시 쉽지 않은 분야입니다. 에세이는 지극히 사색적이고도 개인적인 이야기를 담고 있을 수밖에 없기 때문에 특이한 문체이거나 놀랄 만한 글솜씨가 아니라면 나의 이야기를 소소하고 재밌게 풀어냈다고 하지만 그 이야기가 많은 사람에게 쉽게 공감되기는 어렵습니다. 그래서 온라인이나 오프라인 상에서 개인적으로 팬덤을 보유하고 있지 않다면 에세이는 출간한다 하더라도 파급력이 없기에 그냥 한 권으로 출간하고 끝나는 경우가 많습니다.

그래서 특별히 팬덤이 있는 SNS를 운영하거나 본인이 하는 일이 아주 특이해서 많은 사람이 궁금해하는 이야기를 담지 못한다면 에세이를 권유해드리지는 않습니다. 그래서 에세이가 아닌 다른 분야의 글을 써보시길 추천드리고 싶습니다.

많은 사람들이 도대체 자기계발서를 왜 읽는지 모르겠다고 이야기합니다. 글을 읽다 보면 했던 말을 또 하는 반복적인 내용이지만 많은 분이 매년 새해가 되면 버킷리스트를 쓰고 다이어리를 구입하여 작심삼일을 한다 할지라도 무엇인가를 쓰는 것처럼 자기계발 역시 새로운 마음으로 읽어나감으로써 또 다른 아이디어를 찾고 나를 정리하여 새로운 모습을 발견하기 위해 존재하는 분야입니다. 여러분께서는 반드시 처음 책을 쓸 때 팬덤, 놀라울 만한 직업, 특별한 스토리를 가지고 있지 않다면 자기계발서를 쓰는 것을 추천드리고 싶습니다. 자기계발은 믿는 만큼 이루어진다고 생각합니다. 사실《시크릿The Secret》책의 끌어당김의 법칙이 자기계발서의 최종 목표일 수 있습니다. 자기계발 책은 믿는 만큼 이루어질 수 있고 스스로를 개발하고 끌어당겨서 우주의 모든 힘을 받아들일 수 있을 만큼 자신을 변화시키는 메시지를 담고 있어요.

그리고 나중에 퍼스널 브랜딩에 대해 이야기할 때 여러분께서 강의 소재로 쓰기에는 자기계발이라는 분야가 좋을 수 있기 때문에 자기계발 분야의 책을 많이 읽어보고 고민해보는 그러한 시간을 꼭 가지기 바랍니다.

이어서 경제경영서는 경제와 경영에 관련하여 논문 정도의 지식을 가지고 있거나 그 정도의 지식을 풀어 쓸 수 있다면 추천합니다. 경제경영서는 사실 교수, 학자분들이 많이 쓰기 때문에 처음에 접근하기는 쉽지 않을 수 있습니다.

여러분께서 뜨개질 노하우를 가지고 있어서 1번 뜨개질 용품 구입, 2번 코바늘 사용 등등 이렇게 순서대로 사진과 함께 잘 정리한다면 노하우를 담고 있는 실용 분야의 책을 한 권 만들 수 있습니다. 이후 강의 프로그램을 영상으로 만들어서 다양한 강의 플랫폼에 올리기에는 실용 분야가 가장 좋을 수 있기 때문에 실용 책을 쓰는 것도 추천드립니다. 실용 분야는 뜨개질 외에도 요리, 운동, 요가, 헬스 등등 많이 있습니다.

그다음으로는 인문 분야에 대해 말씀드리겠습니다. 인문은 고전 이야기, 철학 이야기여서 어렵다고들 합니다. 인문이라고 해서 아무도 알 수 없는 것 같고 나만 알 것 같은 지식을 담아내는 것이 아니라 이미 많이 알려져 있는 고전에서 확실한 지혜를 잘 정리하여 한 권의 책으로 만드는 것도 요즘 각광받고 있는 인문의 한 분야라고 말씀드리고 싶습니다.

오늘의 미션

목차에서 주제를 하나 선정하여 A4 1~2장 글쓰기. 집필하고자 하는 책의 부제 쓰기 (부제가 선정되면 어떠한 분야의 책인지 감을 잡을 수 있기 때문에 카피 같은 부제 쓰기)

편집자는 무슨 일을 할까요

출판사에서는 어떠한 일을 할까요? 편집자는 무슨 일을 하는 직업군일까요? 이에 대한 이야기를 하기 전에 글쓰기가 무엇인지 유명한 작가들과 유명인사들의 명언을 통해 잠깐 쉬어가는 코너를 갖도록 하겠습니다.

1. 어니스트 헤밍웨이
   - 글도 그렇고 인생도 그렇다. 모든 것은 수십, 수백 번 고쳐 쓰는 것이다.

2. E. B. 화이트E. B. White
   - 글쓰기를 위한 이상적인 환경이 갖춰지기를 기다리는 작가들은 한 글자도 쓰지 못하고 죽을 것이다.

3. 버지니아 울프Virginia Woolf

  – 자기 자신에 대한 사실을 말하지 않는 사람은 다른 사람에 관한 사실도 말할 수 없다.

4. 수전 손택Susan Sontag

  – 만약 글쓰기가 고장 나 자신을 표현하는 행위라고 생각했다면 나는 타자기를 내다 버렸을 것이다. 글을 쓴다는 것은 그보다 훨씬 더 복잡한 행위이다. 작가는 마치 운동선수처럼 매일매일 훈련을 해야 한다. 좋은 상태를 유지하기 위해 나는 오늘 무엇을 했던가?

5. 로제마리 마이어 델 올리보Rosemarie Meier-Dell'Olivo

  – 당신의 삶을 기록하면 하나의 작품이 된다.

저는 이렇게 이야기하고 싶습니다. '당신의 경험은 이미 충분하다. 글을 쓰지 않기 위한 핑계도 이미 충분하다. 책상 앞에 앉아서 무엇이라도 써 내려가는 것이 중요하다. 의지도 실천 그 자체로 이미 충분하다.'

이처럼 꾸준하게 글쓰기를 당부드리며 출판사에서는 무슨 일을 하는지에 대해서 본격적으로 말씀드리겠습니다. 책의 구성에 대해 먼저 이야기해볼게요. 책에는 표지가 있습니다. 조금 더 자세하게 이야기하면 앞표지, 뒤표지가 있지요.

편집자들은 앞표지를 표1이라고 이야기합니다. 표1의 옆부분 날개는 표2이고요. 뒷면은 표4, 뒷면 옆부분을 표3이라고 합니다.

이러한 이야기를 하는 이유는 편집자들은 표지라는 단어보다 표1, 2, 3, 4라고 하는 것에 익숙하기 때문에 어느 날 갑자기 담당 편집자와 메일을 주고받았는데 '표1 어떠신가요?'라고 하는 경우가 있어서 말씀드립니다.

표2에는 보통 저자소개를 많이 적습니다. 표3은 출판사의 유사 분야의 책들을 홍보하거나 책 안에서 인상적인 구절을 적어놓습니다. 표4는 보통 특별한 카피 몇 줄과 프롤로그에서 중요하게 생각하는 글들을 정리해서 넣기도 합니다. 추천사를 수록하기도 하지요.

뒤표지에 보통 붙어 있는 바코드는 도서 바코드이며 거기에 적혀 있는 숫자는 ISBN이라고 보통 이야기합니다. 'International Standard Book Number'(국제표준도서번호)로써 도서의 원활한 유통과 재고의 효율적 파악을 위해 1966년 유럽에서 처음 건의되었으며 1969년 국제표준화기구에서 채택, 우리나라는 본격적으로 1991년에 가입해서 ISBN을 사용하고 있습니다.

국내에서는 서지정보유통지원시스템이란 곳에서 이 번호와 바코드를 관리하고 있고요. 이 ISBN 번호들은 각각 특별한 의미를 갖고 있습니다. 지금 말씀드리고 싶지만 내용이 많고 책쓰기에 필수적인 요소는 아니라서 기본적으로 알아두어야 하는 내용만 설명드리는 점 이해 부탁드립니다.

ISBN 옆에는 부가기호가 있습니다. 부가기호는 보통 다섯 개의 숫자로 구성되어 있고 책의 성격을 의미합니다. ISBN을 신청할 때 같이 신청합니다. ISBN과 부가기호로 도서 바코드를 만듭니다.

다음으로는 앞표지를 넘기면 나타나는 면지에 대해 설명드리겠습니다. 면지는 표지와 본문을 물리적으로 연결하여 제본의 견고성을 유지하고 주로 두툼하고 질긴 재질의 종이를 사용하는데요.

이것은 국제적으로 다 통일된 부분이라서 면지는 반드시 사용해야 합니다. 최근에는 디자인적인 이유, 또는 비용 절감을 위해서 본문과 동일한 종이를 사용하여 예쁘게 만들기도 합니다. 본문 맨 앞과 맨 뒤 두 장씩 넣는 것이 기본이나 최근에는 한 장을 사용하기도 하고요. 면지는 본문 페이지 수에는 포함되지 않습니다.

판권은 보통 책의 2페이지, 또는 제일 뒤에 들어가는 출판사, 제작 등에 대한 정보를 담는 페이지입니다. 그리고 면지를 제외하고 본문의 1페이지에는 책 제목을 쓰고요. 3페이지는 앞표지를 본문에 맞게 다시 디자인해서 속표지로 사용하는 곳입니다.

보통 책 이야기를 할 때는 원고 자체만을 이야기할 때가 많습니다. 하지만 이렇게 출판사에서 사용하는 다양한 용어와 함께 기본 프로세스 정도를 이해해 두신다면 편집자와 조금 더 원활한 커뮤니케이션이 이루어질 수 있음을 확신합니다.

목차에서 주제를 하나 찾아 A4 1~2장 쓰기. 그리고 표2에 무엇이 들어간다고요? 저자 소개가 들어갑니다. 그렇다면 여러분은 저자 소개를 어떻게 쓸지 최소 5줄에서 최대 10줄 정도 써 보시기 바랍니다.

Class 24

작가로 데뷔를 준비합니다

여러분이 가장 가까이서 만나게 될 편집장, 에디터, 기획자의 모든 일을 제가 해왔고 지금도 하고 있습니다. 지난 시간에는 책에 대한 이야기를 전반적으로 해드렸습니다. 그렇다면 오늘 이 시간에는 출판사는 과연 무슨 일을 하는지 특히 편집자, 기획자들은 어떻게 일하는지 말씀드리고자 합니다.

무엇보다도 출판사가 어떤 직업군에 소속되어 있다고 생각하세요? 책은 재화입니다. 그래서 출판사는 제조업으로 등록되어 있습니다. 제조업이라는 말은 또 한번 생각해보면 말 그대로 수익을 창출하기 위해서 노력할 수밖에 없지만 출판사가 가지고 있는 고유한 특성 때문에 문화 지식 산업에 대해 함께 고민하는 회사가 출판사라는 것입니다.

그래서 여러분께서 원고를 다 쓰신 후 출판사에 투고한

다고 해서 무조건 책을 낼 수는 없습니다. 왜냐, 원고가 출판되었을 때 수익을 낼 수 있는지 출판사는 고민할 수밖에 없기 때문입니다. 지식과 지혜를 독자에게 전파하는 사회적 임무를 출판사는 가지고 있습니다. 동시에 이윤추구라고 하는 기업 본연의 존재 이유 사이에서 밸런스가 필요하기 때문에 언제나 출판사는 사회적 의무, 기업 본연의 이유 이 두 가지를 동시에 고민할 수밖에 없지요. 그래서 초보 작가 발굴에 많이 망설일 수밖에 없습니다.

큰 출판사의 원고 담당자는 메일로 하루에도 수십~수백 통의 투고 원고를 확인합니다. 분야별로 담당자가 나뉘어 있기도 하고요. 보통 원고가 한편 당 A4 11~12포인트, 80~120매까지 구성되어 있어 매일 처음부터 끝까지 읽기란 실질적으로 불가능합니다.

그렇기 때문에 글의 앞부분이 재미있어야 뒤까지 읽을 수 있다고 제가 앞에서 숱하게 이야기했습니다. 더불어 출간 기획서를 작성해서 전체적인 글의 특징을 요약해 투고했을 때 투고 담당자는 조금 더 쉽게 원고에 접근할 수 있습니다. 이런 것들에 대해서는 다음 시간에 자세하게 말씀드리겠습니다. 기본적으로 원고가 투고되었을 때 담당 편집자나 담당자가 일차적으로 걸러냅니다. 그중에서 괜찮은 원고가 있다면 분야에 맞는 담당 편집자에게 토스됩니다. 그러면 담당 편집자는 조금 더 구체적으로 글을 읽고 이 글이 출판될 수 있는지 자체적으로 판단한 다음 편집팀 기획회의 시간에 이야기하게 됩니다. 그렇게 해서 통과가 되면 출간을 위해 저자에게 연락하겠지요.

투고한 원고들을 어떻게 진행하는지에 대해 간략하게 말씀드렸습니다. 하지만 에디터가 직접 저자를 섭외하고 분야를 만들어 나가는 방법으로 기획하기도 합니다. 요즘 잘 나가는 분야에 대해서 고민하고 그에 맞는 저자를 발굴해서 원고 집필 요청을 드리기도 한다는 거죠. 이렇게 만들어지는 원고를 출판사에서 출간하기도 합니다.

여러분은 초보 작가이지만 처음 쓰는 글을 잘 써서 한 권의 책으로 출간하고 나면 이후에는 출판사가 직접 특정한 주제를 요청하여 책을 집필하는 또 다른 경험을 할 수도 있습니다. 그러니 글을 알차게 구성하고 출판사에 투고한다고 생각하며 글을 써나가야 합니다.

그리고 나서 담당 편집자가 원고를 수령하면 일차적으로 교정, 교열, 문단 정리, 목차를 조금 바꾸는 과정 등을 거치게 됩니다. 이어서 그에 맞는 본문 시안을 디자이너에게 요청하고 시안에 맞춰서 전체적으로 정리한 글을 흘리게 됩니다.

이후 본문 모양의 조판 PDF 파일이 만들어지고 디자이너와 주고받으면서 수정하여 책으로 만들어지는 과정을 경험하게 됩니다. 그리고 보통은 2차, 3차 교정을 진행하며 그 사이에 표지 작업이 이루어집니다.

많은 독자들이 저자가 쓴 제목을 책 제목으로 그대로 사용한다고 생각합니다. 출판사는 전문가들이 모여 있는 곳입니다. 그래서 책 제목이 요즘 트렌드에 맞는지 시장에서 각광받을 수 있는지 많이 고민합니다. 그리고 많은 시장조사를 하며 내부적으로 회의를 거쳐 제목을 도출합니다. 도출한 제목을 작가와 최종적으로 조율한 뒤 회의를 다시 진행하여 제목을 확정합니다. 확정한 제목을 토대로 표지 시안이 만들어집니다.

작가는 원고 자체에 몰입하기 때문에 트렌드에 대한 부분이 조금 결여되는 것이 사실입니다. 그래서 제목뿐만 아니라 트렌드한 부분과 작가가 놓치고 있는 것을 편집자가 작가와 소통 및 교감하여 같이 만들어갑니다.

많은 분이 편집자가 무슨 일을 하는지 궁금해합니다. 영화나 드라마로 생각하면 프로듀서라고 생각하면 되겠습니다. 직접적으로 관여하지 않을 수도 있지만 모든 시스템이 잘 돌아가게 하기 위해서는 프로듀서가 모든 것들을 잘 정리하고 일정을 맞추고 세부적으로 조율해야 합니다. 작가, 디자인, 제작 담당, 마케터, 서점 등등 연결고리를 편집자가 가지고 있다고 생각하면 됩니다.

여러분이 출판사에서 만나게 될 편집자는 보통 이러한 일들을 하고 있다고 생각하면 되겠습니다. 출판사에서는 원고를 받고 크게 무리가 없다면 두 달~세 달 동안 앞에서 말한 과정을 거쳐 한 권의 책을 만들 것입니다. 그때 이 과정들을 알아두시면 무슨 말인지 못 알아듣는 불상사를 우연히라도 막을 수 있을 것입니다.

오늘의 미션

목차에서 주제를 찾아 1.5~2페이지 글쓰기, 투고하고 싶은 출판사의 이름을 10개 찾기

투고를 위한 구체적인 실천 전략

본격적으로 투고를 어떻게 할지에 대해 이야기 나눠보도록 하겠습니다. 여러분은 이제까지 A4 60~100페이지를 열심히 쓰셨어요. 제가 처음에 이 정도는 써야 한 권의 책으로 만들 수 있다고 말씀드렸죠.

이후 투고할 때 모든 출판사에서 연락이 올 거라고 단언하시면 절대 안 됩니다. 투고도 전략적으로 해야 해요. 무엇보다 내가 쓴 원고가 어떤 분야인지 정리한 다음 오프라인 서점에 한번 나가보세요. 내 책과 유사한 책들이 있는 코너에 가서 어떠한 출판사들이 책을 매대에 올려놨는지 보셔야 합니다.

그리고 출판사에 투고하려면 출판사 이메일 주소가 있어야겠죠. 보통 판권을 보시면 투고를 위한 이메일 주소가 적혀 있습니다. 이 이메일들을 체크해서 투고하시면 됩니다.

그리고 원고만 투고하는 것이 아니라 신간 출판 기획안을 써서 함께 보낸다면 담당 편집자분이 한 번 더 원고에 관심을 가질 것입니다. 먼저 신간 출판 기획안을 보면 작성자, 작성일 정도는 여러분이 직접 체크하면 되는 부분이고요. 제목이 중요하다는 말은 여러 번 했습니다. 이슈에 맞는지, 트렌드를 따르는지 고민해서 정리하셔야 해요. 분류는 말 그대로 장르입니다. 예를 들면 에세이, 자기계발, 인문, 실용 등 체크해서 적어주시면 됩니다. 저자명은 작가님들의 이름을 적어주시면 되고요. 분량은 원고가 A4로 몇 페이지인지 적으셔야 해요.

기획의도, 출간의의는 잘 적어주셔야 합니다. 어떤 의도로 이 책을 썼는지에 대해 구구절절하게 쓰지 않고 2~3줄로 압축하여 명쾌하게 써주셔야 합니다. 타겟 독자 부분 역시 중요합니다. 핵심독자와 확대독자가 있는데요.

예를 들어 핵심독자 부분에 '30~40대 여성' 이렇게 쓰시면 안 됩니다. 왜냐하면 30세와 49세는 생각하는 바와 추구하는 기준이 너무 다르기 때문에 더욱 더 세밀하고 구체적으로 쓰셔야 합니다.

요즘에는 분야별로 책을 좋아하는 소수들의 입소문을 통해 판매가 이루어지기 때문에 출판 마케팅 역시 바뀌고 있습니다. 그래서 핵심독자는 디테일하게 체크할 필요가 있습니다.

참고도서/유사도서는 제가 강의하다 보면 이 부분을 왜 쓰는지 묻는 분들이 많습니다. 글을 쓰다 보면 세상에는 없는 나만의 글 같지만 찾아보면 비슷한 책들이 많이 있습니다. 참고도서를 잘 분석하여 나의 글에 그 책의 장점은 추가하고 단점은 뺄 수 있습니다.

그래서 참고도서/유사도서를 잘 분석하고 체크하는 것이 아주 중요하다고 생각합니다.

그리고 이 외에도 목차 및 책이 어떤 식으로 만들어지면 좋을지 콘셉트도 추가할 수 있습니다. 출판사에 투고할 때에는 원고와 신간 출판 기획안을 같이 투고하는 것이 좋습니다.

더불어 투고할 때 메일의 받는 사람을 수십 명~수백 명으로 작성하여 단체로 보내는 경우가 있습니다. 그렇게 보내게 된다면 담당자가 읽기도 전에 빼는 경우가 많습니다. 원고를 보내는 기본적인 예절도 상당히 중요하기 때문에 원고 및 신간 출판 기획안의 파일명, 메일의 제목 역시 일목요연하게 정리하여 투고하시기를 당부드리고 싶습니다.

여러분의 이미지는 투고 메일에서부터 정해질지 모릅니다. 투고 메일에서 통과하지 못한다면 원고는 읽히지도 않을 수 있습니다. 단체메일로 쓰지 마시고 ○○○출판사의 ○○○담당자님, 이렇게 따로따로 보내야 출판사에서는 투고 및 출판사에 대해 신경을 많이 쓰고 있다라는 느낌을 받습니다.
꼭 기본적인 예의를 갖춰서 보내기를 부탁드립니다.

오늘의 미션
목차에서 하나의 주제를 선정하여 A4 1.5~2
페이지 글을 쓰시고 신간 출판 기획안 작성하기

출판의 다양한 형태

독립출판물에 대한 이야기를 나눠볼까 합니다. 출판 형태는 크게 세 가지로 나눌 수 있습니다. 첫 번째, 자비출판이 있습니다. 저자가 출판에 들어가는 비용을 전액 부담하는 경우입니다. 그리고 저자가 출판 주체이므로 제목, 표지 디자인 등 모든 영역에서 저자의 의도가 고스란히 반영되는 형태입니다. 서점 유통 여부는 제작해주는 출판사와 이야기를 나눈 다음에 판단해도 무방합니다.

두 번째, 기획출판이 있습니다. 출판사가 출판 비용 전액을 부담하고 저자에게 인세를 지급하는 형태로 이루어집니다. 평균적으로 인세는 도서 정가의 8~10%가 기본입니다. 매절로 한 번에 지급하기도 합니다. 매절이 뭐냐 하면 말 그대로 통으로 한 번 지급하고 끝나는 방식입니다. 우리는 기본적으로 기획출판을 목표로 합니다.

세 번째, 독립출판입니다. 저자가 출판사와 상관없이 자체적으로 모든 프로세스를 진행합니다. 출판사는 기본적으로 ISBN이 필요하나 독립출판물은 없어도 무방합니다. 단행본 출판시장에서 접하기 힘든 독특한 콘텐츠나 도서 형태가 많습니다. 그렇기 때문에 최근에는 텀블벅www.tumblbug.com이나 와디즈www.wadiz.kr 같은 크라우드 펀딩을 통해서 독립출판물을 만들기도 하고 이렇게 제작된 독립출판물이 다시 출판사를 통해서 재계약을 하고 베스트셀러에 오르는 경우가 종종 있습니다.

이러한 방식으로 베스트셀러가 된 작품들을 몇 작품 소개해 드리겠습니다. 《며느라기》《달의 조각》《일간 이슬아》《죽고 싶지만 떡볶이는 먹고 싶어》《달러구트 꿈 백화점》 등이 이러한 형태로 출간된 독립출판물이었지만 결국 기획출판 형태로 재출간되었다고 말씀드릴 수 있어요.

작가의 아이덴티티를 최대한 드러낼 수 있다는 장점이 있는 독립출판물이 최근에는 유행처럼 번지고 있습니다. 특히나 크라우드 펀딩을 통해서 인기를 누린 다음에 정식으로 출판사와 다시 계약을 맺는 프로세스가 많이 진행되고 있는 것이 사실입니다. 자비출판, 기획출판, 독립출판이 무엇인지에 대해 설명드렸습니다.

여러분께서 어떠한 출판을 하실지는 상관없습니다. 단,

우리는 지금 한 권의 책을 위해 달려가고 있기 때문에 과연 나에게 맞는 출판 형태는 무엇인지에 대해 많이 고민해보기를 당부드립니다.

오늘의 미션

목차에서 주제를 찾아 A4 1.5~2페이지 글을 쓰고 최근 인기 있는 독립출판물 검색해보기

두 번째 성공을 위한
퍼스널 브랜딩

마지막 시간입니다. 길었던 시간이었을 수도 있지만 우리는 책을 한 권 출판하기 위해서 많은 과정들을 이해하고 공부, 습득, 분석, 정리하였습니다. 그리고 출판사 투고도 하고 어떤 식으로 책을 유통시킬 지에 대해서도 고민했습니다. 출판사에서는 어떤 일을 하고, 책은 어떻게 분석하고, 기획서도 써보고 다양한 것들을 많이 했습니다. 이제 퍼스널 브랜딩에 대한 이야기까지 공부하면 저와 함께하는 수업은 끝날 것입니다. 그렇다면 퍼스널 브랜딩이 뭔지에 대해서 차근차근 말씀드리도록 하겠습니다.

최근에는 많은 직장인들이 파이어족Financial Independence, Retire Early族을 동경합니다. 즉 30대 말이나 늦어도 40대 초반까지는 조기 은퇴하겠다는 목표로, 회사 생활을 하는 20대부터 소비를 극단적으로 줄이며 은퇴 자금을 마련하는 이들을 가리키는데 이는 2008년 금융위기 이후 미국의 젊은 고학력·고소득 계층을 중심으로 확산됐었습니다. 이들은 '조기 퇴사'를 목표로 수입의 70~80%를 넘는 액수를 저축하는 등 극단적 절약을 실천합니다. 아니면 언젠가 지금 하고 있는 일에서 벗어나 다른 일을 하고 싶거나 전문가로 불리고 싶을 겁니다.

하지만 은퇴했다고 해서 모든 것이 끝은 아닙니다. 개인적으로 PR을 통해 비즈니스를 위한 제2의 삶을 꿈꿀 수도 있습니다. 이때 필요한 것이 바로 퍼스널 브랜딩입니다. 그리고 퍼스널 브랜딩을 이야기할 때 가장 대표적으로 책을 꼽습니다. 왜냐하면 책은 그 자체로 전문가임을 공식적으로 드러내는 수단이자 또 다른 명함일 수 있기 때문입니다. 책을 통해서 나만의 브랜딩의 1차 확산, 그 분야의 전문가로 불리면서 작가로 대접받고 대우받는 상황, 그리고 이어서 브랜딩의 2차 확산, 강의, 방송, 유튜브, 아프리카TV 등 다양한 방식으로 책에서 사용했던 소스를 다른 분야에서 동시에 계속 사용할 수 있기 때문에 원소스 멀티유스의 개념으로 책을 많이 쓰곤 합니다.

그리고 이를 통해서 퍼스널 브랜딩을 확립하고자 하는 것이죠. 과거 전문가나 유명인에게 사용된 퍼스널 브랜딩은 이미지 메이킹이나 스피치 등 겉으로 보이는 모습을 만드는 데에 신경을 많이 쓴 것이 사실입니다. 대중적인 인지도가 있는 사람의 경우는 보이는 부분만 살짝 다듬어도 많은 효과가 있었습니다. JTBC 〈슈가맨〉을 예로 들 수 있습니다. 한창 인기 있었던 가수가 어느 순간 사라지고 다시 나왔을 때 개인적으로 브랜딩을 통해서 새롭게 나타나는 이미지 메이킹을 하여 또 다른 인기를 누릴 수 있는 것이지요.

하지만 최근에는 조금씩 퍼스널 브랜딩의 개념이 바뀌고 있습니다. 블로그, 페이스북, 인스타그램, 아프리카TV, 유튜브 등 SNS가 발달하고 누구나 자신의 브랜드를 만들어 갈 수 있는 환경이 조성되고 있습니다. 그리고 다양한 온라인 플랫폼을 통해 자신의 콘텐츠를 잘 다듬어 배포하고 수익까지 발생시키는 경우가 이제는 비일비재합니다.

코로나19의 확산으로 이제는 오프라인보다 온라인 강의가 대세인 만큼 온라인 강의를 전문으로 하는 디지털 튜터라는 개념마저 확산하였습니다. 이런 것들이 하나의 책을 통해서 강의로 이어지고 오프라인 강의뿐만 아니라 온라인 강의로 온라인 강의가 하나의 플랫폼에 탑재함으로써 그 자체만으로도 인세와 같은 수익이 발생한다는 점에서 퍼스널 브랜딩의 중요성은 더 이상 말할 필요가 없을 정도입니다. 하지만 이때 중요한 것이 바로 책입니다. 아무리 책을 읽는 독자가 많이 줄었다고 할지라도 책 자체가 주는 권위는 아직까지 절대 무시할 수 없습니다. 하나의 책을 통해서 그 안에 있는 콘텐츠가 다양한 방식으로 접근 가능하고 그 콘텐츠로 강의,

개인적인 유튜브 활동, 방송 활동 등 이런 부분까지 다양하게 확대시킬 수 있기 때문에 최근에는 퍼스널 브랜딩과 책은 떼려야 뗄 수 없는 관계가 되어 버렸습니다.

퍼스널 브랜딩을 위해서는 크게 4가지를 인지해 주시기를 당부드리겠습니다. 첫 번째, 철저한 분석입니다. 프리 프로덕션의 중요성을 이야기하는데요. 막연하게 모든 것을 정하지 말고 자신이 정확하게 무슨 책을 어떻게 쓰고 싶은지를 잘 고민하셔야 합니다. 영화나 드라마를 찍을 때 프리 프로덕션이 너무나 중요합니다. 왜냐, 사전에 모든 것들을 정리해 놓지 않으면 책을 쓰는 과정에서 엉망진창이 될 수 있기 때문에 처음에 뼈대를 잘 만들어 놓으셔야 한다는 거죠.

두 번째, 완벽한 구축을 말씀드리고 싶습니다. 자신의 콘텐츠를 분석하지도 못한 상태에서 무턱대고 책을 쓸 수는 없습니다. 전문가가 있다면 그 전문가에게 자신이 어떤 일을 하고 있고 어떤 일을 하고 싶으며 어떠한 브랜딩을 구축하고 싶어서 책을 쓰는지를 컨설팅받아볼 필요가 있습니다. 전문성이 부족하다고 느꼈을 때 그래도 자신의 퍼스널 브랜드를 구축해나갈 방법은 언제나 충분하기 때문에 완벽한 구축을 하기 위한 고민이 많이 필요합니다.

세 번째, 대중적 확산입니다. 책 쓰기 열풍이 지금 한창이지만 책 쓰기를 하는 것으로 그냥 끝나는 것이 아니라 온라인 플랫폼을 통해 강의도 진행하고 국책 사업이나 기업의 문화 사업 등에 지원해봄으로써 하나의 소스를 멀티로 확산하는 방법들을 고민하지 않을 수 없습니다. SNS 계정을 통해 자체적으로 바이럴 마케팅을 하고 있다면 책을 쓴 저자의 모습을 SNS에 마음껏 올림으로써 다양한 분야에서 저자라고 하는 나에게 접근할 수 있도록 그런 오픈로드를 만들어주는 것이므로 대중적 확산이 중요하다고 말씀드리고 싶습니다.

네 번째, 체계적인 관리입니다. 브랜드는 언제나 그렇듯 평판이 중요합니다. 책의 경우 리뷰들을 점검해보고 내 책을 읽은 독자들의 반응을 객관적이든 주관적이든 잘 살펴볼 필요가 있습니다. 물론 하나하나의 리뷰에 세밀하게 반응할 필요는 없겠지만 다음번에 어떤 책을 써나갈지, 그리고 다음번에는 내가 어떤 분야에 접근하는 게 도움이 될지 많이 고민해야 하기 때문에 체계적인 관리가 필요합니다.

퍼스널 브랜드 관리는 평생 이루어져야 할 수도 있습니다. 계속 업그레이드하며 나를 찾아가는 과정이기 때문입니다. 퍼스널 브랜딩은 브랜드에 'ing'가 붙었죠? 말 그대로 계속한다는 거죠.

스마트폰의 경우를 말씀드리고 싶습니다. 스마트폰 자체 스펙이 이전과 크게 다르지 않다면 대중에게는 곧바로 외면당하기 십상입니다. 왜냐, 똑같다는 말은 현상 유지가 아니라 뒤처진다는 것이기 때문입니다. 그렇기 때문에 브랜딩은 브랜드에 'ing'가 붙었다는 점을 반드시 인지해주시기 바랍니다.

여러분은 한 권의 책을 쓰는 것으로 끝나는 것이 아니라 이 책을 통해서 나를 어떻게 브랜딩할 지에 대해서 계속 고민하셔야 해요. 이 책을 읽는 첫 번째 목표가 책 쓰기였다면 두 번째이자 궁극의 목표는 바로 퍼스널 브랜딩이 아닐까요.

오늘의 미션

A4 용지로 최소 60매 정도는 써야 한다고 말씀드렸습니다. 더 쓴다고 해서 문제 될 것은 없습니다. 아직 쓰지 못한 원고들을 다 쓰고 목차에 맞게 원고를 정리하여서 투고를 해보는 것으로 마지막 미션을 마치겠습니다.

| 1일 | 교보문고, YES24, 알라딘을 포함한 온라인 서점 어플 스마트폰에 다운받기 |

1일   교보문고, YES24, 알라딘을 포함한 온라인 서점 어플 스마트폰에 다운받기

2일   평소 쓰고 싶은 분야의 책과 유사한 책 검색하기

3일   뉴스레터 3개 이상 구독하기

4일   내가 좋아하는 책에서 10문장 이상 필사하기

5일   '경험담을 이야기해주세요'라고 추상적으로 말하기에는 좀 애매할 것 같아서 이렇게 부탁드리고 싶어요. 오늘 점심 드셨죠? 맛있었나요? 맛없었나요? 다음에 또 먹고 싶나요? 여러분이 드신 오늘의 점심 식사 경험을 솔직하게 10줄 정도 써주세요.

6일   쓰고 싶은 책의 뼈대가 되는 목차 쓰기(짝수든, 홀수든 상관없음)

7일   이제부터 A4 용지 1~1장 반 정도 글쓰기. 그리고 앞에서 정리한 목차에서 주제를 선정하여 글을 쓰셔야 합니다. 목차는 언

제든 수정 가능합니다. 책 마감 때까지 고칠 수도 있으니 처음 쓴 목차가 평생 간다고 불안해 하지 않으셔도 됩니다. 더불어 미션이 하나 더 있습니다. 여러분이 지금 예쁜 카페에서 글을 쓰고 있는지 멋있는 서재에서 글을 쓰고 있는지 엉망진창인 내 방에서 글을 쓰고 있는지 너무 궁금합니다. 어디서 글을 쓰고 있는지 내 공간을 한 번 스윽 둘러봐주세요.

8일   목차에서 소주제를 하나 찾아서 A4 용지 1~1장 반 정도 쓰시고 여러분의 친구, 가족, 동료에게 공유하기. 그들이 어떤 반응과 어떤 리뷰를 해주는지 잘 정리해 두세요.

9일   지금까지 썼던 글을 퇴고하기

10일   여러분의 24시간 중 가장 특별하다고 생각한 시간에 무슨 일이 있었는지 생각해 보고 그 내용을 A4 1~1장 반 정도 써 봅니다.

11일   목차는 책을 마감할 때까지 매번 수정하셔도 괜찮습니다. 목차에서 하나의 주제를 골라 A4 1~1장 반 쓰기

12일   A4 용지 1~1장 반의 글을 쓸 때 예쁜 순우리말 단어 다섯 개를 찾아서 글 안에 녹여주세요.

13일   비문 쓰지 않기 연습을 해보겠습니다. 역시나 A4 1~1.5페이지를 쓰는데 글을 쓸 때 한 문장을 두 줄 넘지 않게 써보는 겁니

다. 그렇게 쓰다 보면 직접 체크할 수 있기 때문에 비문을 많이 줄일 수 있어요.

14일 A4 용지 1~1장 반 정도 글을 쓰고 맞춤법 예시들처럼 잘못된 표현으로 쓴 문장을 찾아 깔끔하게 고쳐쓰기

15일 A4 1~2장 정도의 글을 쓰고 그중에서 잘못된 두 문장을 찾아 예시로 나온 표현을 잘 체크하면서 고쳐보기

16일 A4 1~2장 정도 글을 쓰고 맞춤법이 틀린 표현, 또는 단어를 5개 찾아 올바르게 고치기

17일 A4 1~2장 정도 글을 쓰고 맞춤법이 틀린 단어 또는 표현을 5개 찾아 고치기

18일 자주 틀리는 외래어표기법 5개를 찾아서 before/after를 체크해봅니다. 그리고 앞서 쓴 목차에 맞춰서 주제를 하나 골라 A4 1~2장 정도 글 쓰기

19일 A4 1~2페이지를 쓰고 띄어쓰기가 틀린 5개의 표현을 찾아 바르게 고치기

20일 브런치에 가입하기. 그리고 A4 1~2장 정도 글쓰기

21일 목차에서 주제를 골라서 A4 용지 1~2장 정도의 글쓰기

22일 목차에서 주제를 하나 선정하여 A4 1~2장 글쓰기. 집필하고자
      하는 책의 부제 쓰기 (부제가 선정되면 어떠한 분야의 책인지
      감을 잡을 수 있기 때문에 카피 같은 부제 쓰기)

23일 목차에서 주제를 하나 찾아 A4 1~2장 쓰기. 그리고 표2에 무
      엇이 들어간다고요? 저자 소개가 들어갑니다. 그렇다면 여러
      분은 저자 소개를 어떻게 쓸지 최소 5줄에서 최대 10줄 정도
      써 보시기 바랍니다.

24일 목차에서 주제를 찾아 1.5~2페이지 글쓰기. 투고하고 싶은 출
      판사의 이름을 10개 찾기

25일 목차에서 하나의 주제를 선정하여 A4 1.5~2페이지 글을 쓰시
      고 신간 출판 기획안 작성하기

26일 목차에서 주제를 찾아 A4 1.5~2페이지 글을 쓰고 최근 인기
      있는 독립출판물 검색해보기

27일 A4 용지로 최소 60매 정도는 써야 한다고 말씀드렸습니다. 더
      쓴다고 해서 문제 될 것은 없습니다. 아직 쓰지 못한 원고들을
      다 쓰고 목차에 맞게 원고를 정리하여서 투고를 해보는 것으
      로 마지막 미션을 마치겠습니다.

편집장을 빌려드립니다

초판 1쇄 인쇄 2022년 4월 20일
초판 1쇄 발행 2022년 4월 27일

지은이 조기준
펴낸이 정필규

펴낸곳 활자공방
출판등록 2019년 11월 29일 제409-2019-000051호
주 소 (10084) 경기도 김포시 김포한강3로 290-13 한양수자인리버펠리스 604-1002
문 의 010-3449-2136
팩 스 0504-365-2136
납품 이메일 haneunfeel@gmail.com
일반문의 이메일 word_factory@naver.com
블로그 https://blog.naver.com/word_factory

ⓒ 조기준, 2022
ISBN 979-11-969478-2-8 03800
값 15,000원